Heroinas

Laura Conrado
Pam Gonçalves
Ray Tavares

HEROÍNAS

2ª edição

Galera

RIO DE JANEIRO
2018

CIP-BRASIL. CATALOGAÇÃO NA PUBLICAÇÃO
SINDICATO NACIONAL DOS EDITORES DE LIVROS, RJ

C764h
2ª ed.

Conrado, Laura
  Heroínas / Laura Conrado, Pam Gonçalves, Ray Tavares. –
2ª ed. – Rio de Janeiro: Galera, 2018.

ISBN 978-85-01-11443-3

1. Ficção brasileira. I. Gonçalves, Pam. II. Tavares, Ray. III. Título.

18-48845

CDD: 869.93
CDU: 821.134.3(81)-3

Leandra Felix da Cruz – Bibliotecária – CRB-7/6135

Copyright © Laura Conrado, 2018
Copyright © Pam Gonçalves, 2018
Copyright © Ray Tavares, 2018

Todos os direitos reservados. Proibida a reprodução, no todo ou em parte, através de quaisquer meios. Os direitos morais dos autores foram assegurados.

Texto revisado segundo o novo Acordo Ortográfico da Língua Portuguesa.

Direitos exclusivos desta edição reservados pela
EDITORA RECORD LTDA.
Rua Argentina, 171 – 20921-380 – Rio de Janeiro, RJ – Tel.: (21) 2585-2000,

Impresso no Brasil

ISBN 978-85-01-11443-3

Seja um leitor preferencial Record.
Cadastre-se no site www.record.com.br e receba informações sobre nossos lançamentos e nossas promoções.

Atendimento e venda direta ao leitor:
mdireto@record.com.br ou (21) 2585-2002.

EDITORA AFILIADA

Sumário

Uma por todas, todas por uma   7
Laura Conrado

Formandos da Távola Redonda   79
Pam Gonçalves

Robin, a proscrita   159
Ray Tavares

Biografias   249

Laura Conrado

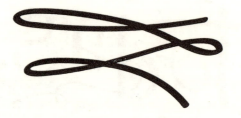

-1-

    O caminho percorrido desde que desci do ônibus, debaixo de um forte sol, não foi dos mais fáceis, como mostram as gotas de suor que descem sem cessar pelo meu rosto e considerando a ladeira onde está a Mosqueteiros, ONG conhecidíssima na cidade pelo trabalho com animais. Minha respiração curta dificulta minha fala e atesta meu sedentarismo; fico mortinha em qualquer quarteirão um pouco mais inclinado. O rubro do meu rosto, que confiro pela tela do celular, delata minha insegurança — isso só eu sei e me esforço para que ninguém mais saiba. Por várias vezes durante o trajeto, pensamentos cumpriram rotas cíclicas em meu cérebro tentando me convencer de que é total perda de tempo me candidatar à vaga de voluntária na clínica da ONG que, certamente, vai receber dezenas de universitários em busca de créditos estudantis.

    Mas são muitas vagas, talvez eu tenha uma chance! E só vou saber se tentar; afinal, como dizem, o "não" eu já tenho, certo? — digo a mim mesma com ares motivacionais. Busco na memória as tardes que passei na clínica veterinária de minha mãe, Consuelo d'Artagnan, num bairro mais distante do centro da cidade. O trato dos animais e o aprendizado nos cuidados com os bichos me fizeram ter certeza do que queria e quero fazer pelo restante da vida. Agora, aos 17 anos, me divido entre a correria do terceiro ano e a ansiedade de prestar o ENEM para Medicina Veterinária na Universidade Federal. Nem mesmo o acúmulo de tarefas me impediu de convencer minha mãe a me deixar concorrer à vaga na ONG, visto que isso me colocaria mais perto de alunos e professores do curso, afinal a Mosqueteiros é ligada à Universidade. Ela sequer tentou me dissuadir da ideia de conciliar tanto estudo com mais uma atividade por conhecer bem a teimosia da única filha que, segundo ela, vale por cinco. É que nada foi fácil para nós. Meu pai, também veterinário, faleceu depois de meses acamado quando eu ainda era bem pequena, deixando a casa e a clínica aos cuidados da minha mãe. Desde então, somos só nós duas, pois não temos parentes próximos nem somos muitos afeitas a uma vida social intensa. Gostamos de ficar na nossa chácara, cuidando dos bichos e da clínica, que consome quase todo o tempo da minha mãe.

Chego ao lugar, que só conhecia por fotos, e adentro a recepção repleta de pessoas — não iguais a mim, que acordam cedo, vestem o uniforme e vão à escola. Deve haver umas quinze com óculos de armações modernas, cortes de cabelos estilosos e blusinhas totalmente descoladas, como se fossem bem seguras de suas personalidades e não tivessem problema em se assumir por aí. Ai, quando atravessarei a porta mágica da Universidade e me verei livre dos dramas que fazem com que ainda me sinta a mais infantil das garotas?

— Oi... — digo bem baixinho ao rapaz que está sentado no balcão para não chamar a atenção das outras pessoas. — Eu vim para vaga de...

— Pode deixar seu currículo aqui — ele responde num tom de voz que até quem dança em cima do som de uma festa entenderia, e aponta para a mesa sem olhar nos meus olhos. — Estão chamando para a entrevista pela ordem de chegada.

Abro a mochila e pego a pasta de elástico onde guardei a folha que passei uma tarde redigindo com todas as minhas qualificações, habilidades e experiência na clínica da minha mãe.

— Aqui... — A folha escorrega pelo balcão até chegar à mão do rapaz.

— Daniela d'Artagnan — ele lê em voz alta.

Ah, não! Era só o que faltava! Ser avaliada por um sujeito que nem olhou na minha cara e não está demonstrando nenhuma intenção de saber o quanto me doarei a esta função. Ainda por cima na frente de dezenas de pessoas que aparentam ser muito mais bacanas do que eu. Sem falar que provavelmente sou a mais nova daqui. É claro que já estou em desvantagem na seleção!

— Daniela, o anúncio em nossas redes sociais foi bem claro quanto à candidatura de voluntários universitários.

— Eu esperava explicar isso a quem fosse me entrevistar, tenho experiência...

— Das aulas de biologia do Ensino Médio? Você já mexeu com agulha, menina? Aqui o pessoal vê sangue o tempo todo, todos vão fazer a Suzana Vieira com você.

— Há? — É a única coisa que consigo dizer antes de o meu queixo cair, uma reação automática de quem não entendeu nada.

— Alô? Não tenho paciência para quem está começando... — Ele estala os dedos.

Então, me lembro da cena que virou meme. Ah, como essa porcaria de fala se encaixa feito luva no momento, fazendo com que eu me sinta uma completa idiota.

— Há alguma chance... — pergunto, mantendo um fio de esperança que me custou noites de sono, uma hora no ônibus e uma ladeira que fez com que eu suasse a calça inteira.

— Você pode ser uma amiga da casa e nos ajudar de outras formas. Pode doar peças para o bazar, pegar um carnê de doação mensal... Ah, pensou em adotar? Você tem cara de que gosta de filhotinho de cachorro.

Eu arrancaria a língua desse folgado com a mesma naturalidade com que já ajudei em dezenas de partos de vacas, éguas e cadelas. Não que a natureza precise de muito esforço, mas esse é o meu mundo desde que nasci, não mereço que um desconhecido venha dizer que tenho cara de quem gosta de cachorro, porque tive mais de cinquenta ao longo da vida! Minha mãe e eu mantemos um canil na nossa chácara, fora os gatos, as aves e os outros bichanos.

— Obrigada, bom dia! — Pego meu currículo da mão dele e sigo com passos firmes até a saída, desejando que ninguém tenha prestado atenção na conversa ou marcado a minha fisionomia.

Para quem já tem problemas de insegurança como eu, uma situação dessas é assustadoramente trágica. Sem falar na tristeza de ver um sonho ruir, um projeto que acalentei por meses no silêncio da minha mente, onde os melhores planos se concretizariam com facilidade, se não destruídos pela petulância de certas pessoas. Custava o sujeito dizer que não era possível e pronto? Ou me deixasse tentar pelo menos! Mas não, preferiu logo me esculhambar na frente das outras pessoas!

Paro na lanchonete que fica na mesma rua e compro uma água com gás geladinha, esperando que ela também refresque minhas ideias. Fico ali remoendo um pouco mais da minha chateação, mas logo resolvo ir embora; não há nada mais que eu possa fazer.

Logo que começo a caminhar até o ponto do ônibus que me deixará em casa, passo perto de uma oficina onde alguns homens estão sentados na porta. Não demoro a reparar num cachorrinho vira-lata, todo branquinho, que está perto deles.

Então, meu alarme dispara.

— Vem, til, vem... — um deles chama com um pedaço de carne o cachorro que se aproxima a passos lentos.

Pfff.

O idiota tenta acertar o cachorro com uma ripa de madeira assim que ele se aproxima o bastante, enquanto os outros miseráveis riem como se assistissem à cena de comédia mais engraçada do ano. Sério? Como um ser humano consegue ver graça em covardia com animais?

Por sorte, o cãozinho conseguiu correr e escapar do golpe, mas continua a rodear o local. Deve estar com muita fome para se submeter a isso!

— Vem, vem... O tio vai dar carninha pra você, quer? — o homem insiste, escondendo o pedaço de pau.

— Por que não brinca com alguém do seu tamanho? — Eu me aproximo.

Eles me ignoram e continuam a provocar o cachorro. Então, um deles começa a atirar pedras no pobre animal, que se esconde atrás de uma árvore.

— É fácil ser valente com um cachorro pequeno. Por que não tenta ser machão comigo?

Enfim, sinto o peso do olhar do homem, que se levanta e, finalmente, se achega.

— Vai embora, menina. Chama seu pai pra te buscar em vez de bancar a heroína aqui.

— Só vou depois que o chefe de vocês souber o que estão fazendo!

— Eu sou o chefe!

A resposta me pega de surpresa, mas explica por que há outros homens rindo na porta: são acéfalos bajuladores.

— Que bom, então posso chamar a polícia.

— Se você não for embora, ô, mimadinha, vou dar motivo para ir à polícia!

— Tá me ameaçando?

— Mata logo esse cachorro — um cara grita.

Outro lá dentro dá um berro para me mandarem embora. Outro me chama de folgada barraqueira, e eu revido, chamando-o de covarde. Bem, daqui em diante não se escuta mais nada além dos berros.

Então, me dou conta de que sou a única mulher no meio daqueles homens. Um medo me toma e fico atenta para não entrar demais na oficina nem deixar que nenhum deles se aproxime muito de mim.

Até que...

Bééééé.

O estridente som de uma buzina explode assim que um carro surge na calçada quase nos atropelando. Imediatamente nos dispersamos.

— Que que tá acontecendo? — Uma menina de longos cabelos pretos lisos presos num rabo de cavalo desce de um Monza velho cor de vinho.

Ninguém responde absolutamente nada.

Ei, quem é essa mulher que mais parece uma deusa e chega aqui colocando moral nos caras? Eles nem retrucaram! Certamente já a conhecem.

Com a voz embargada, mas tentando manter a calma, digo que estava defendendo o cachorro das ameaças daqueles homens.

— Cadê o cachorro? — ela pergunta assim que acabo de explicar. — Vou levar o bichinho que vocês estavam azucrinando. Se ele estiver com qualquer machucado eu volto para resolver. Do meu jeito — sentencia.

Ai! Olha a forma como ela defendeu o doguinho! Aposto que seríamos amigas se estudássemos juntas!

— Eles fizeram algo com você? — Ela se vira para mim.

— Não, estou bem — respondo.

— Porque podemos ir à delegacia caso tenha sido ameaçada ou qualquer outra coisa — ela fala num tom de voz mais alto.

A essa altura, não resta homem nem valentia na calçada; todos estão dentro da loja.

— Acho que podemos encerrar por aqui. Aposto que não vão e mais atrás de cachorro algum...

— Ótimo, penso a mesma coisa! Vamos, então. — Seus cabelos se movem com rapidez para trás. Ela se abaixa e, com a voz mansa, atrai o cachorro que se achega a ela sem dificuldade. — Vou cuidar de você, amiguinho. Bora, entra aí — ela diz, olhando para mim.

Sem pensar e querendo me ver longe daqueles caras, entro no carro de uma desconhecida, mas que já é minha mais nova heroína.

— Ele está bem sujinho, mas a pele está boa e o pelo também. Está só com uma ferida na barriga. Tenho água oxigenada e pomada antisséptica na mochila — digo, depois que a moça misteriosa, mas absurdamente guerreira, deixa o cachorrinho no meu colo e arranca com o carro. — Ah, meu nome é Daniela. Obrigada por ter me ajudado com os trogloditas. Quando dei por mim, já estava gritando com eles.

— Ah, eu imaginei! Já conheço esses daí de outros carnavais... Acredita que os peguei tentando amarrar um laço cheio de penduricalhos no rabo de um gato? Peitei todos na hora! Como trabalho no fim da rua, acabo esbarrando neles com frequência, mas os caras já sabem que meu pavio é curto. Meu nome é Agnes. Se não se importar, Daniela, pode vir comigo e levar o cachorro até o meu trabalho para cuidar dele. Você parece entender de animais, fez uma boa leitura do estado do Glacê.

— Glacê?

— Ele não tem cara de Glacê? Imagina depois de um banho, como os pelinhos desse bebê vão ficar?

— Verdade, ele tem muito cara de Glacê! É um bom nome! Todo mundo agora vai amar você, neném — falo como a voz mais idiota que tenho, mas quem ama animais, entende.

— Chegamos! Entra comigo, você vai gostar de conhecer o lugar!

Alguém me belisca, por favor? Que coincidência é essa? Agnes entra com seu carro velho pelo portão e, antes de pararmos num estacionamento coberto de britas, percebo que é o muro verde e alto da ONG Mosqueteiros.

— Você-é-uma-mosqueteira? — pergunto, atônita.

— Desde que entrei na faculdade! E estou me formando neste semestre. Logo serei uma veterinária da casa!

Então, ela sai do carro e veste um jaleco branco com detalhes em verde-água, a marca registrada dos mosqueteiros.

Quem é voluntário usa uma espécie de colete na mesma cor; quem atua na clínica usa o jaleco. O dela ainda é o simples, corte reto, sem bolso, de tecido cru e sem o nome bordado. Mas, quando Agnes se tornar uma veterinária de verdade, ela ostentará um que vai reluzir seu nome e o logo da ONG, tal como um cavaleiro empunhando uma espada em combate.

— Eu sempre quis entrar aqui! Só conhecia de foto...

— Então pode rebolar que é hoje, mana! — ela canta o versinho da música da Ludmila e dá até uma chacoalhada no quadril. — Vamos ao centro clínico e depois te mostro as outras dependências.

E pensar que há meia hora eu me sentia a pessoa mais azarada do universo! Como as coisas puderam mudar tão rápido?

Com o Glacê no colo, passo pela recepção sentindo minha bochecha corar ao encarar mais uma vez o rapaz que fez com que eu me sentisse a maior boboca do planeta.

— Essa é a Daniela, ela vai ficar comigo hoje. Pode fazer um crachá?

Ele sorri com a cara mais lavada do mundo e providencia uma etiqueta com meu nome. Passo pela cancela com a sensação de que entrei em algum lugar mais importante do que os que estou acostumada a frequentar. Vamos para uma pequena sala de vidro com uma mesa no centro onde colocamos o Glacê. Agnes verifica os sinais vitais dele e colhe o sangue para alguns exames.

— Ele está um pouco desidratado e com uma dermatite que parece ser facilmente tratável. Mas não é nada grave. Vamos aplicar as pomadas depois do banho. Você já desinfetou bem o local da ferida. Agiu de forma segura, não teve nojo e pensou rápido. E ainda tinha uma pomada antisséptica na mochila... Estou curiosa.

— É o hábito! Aprendi com meus pais a cuidar dos bichos, acabei me tornando muito dedicada. Ajudo minha mãe na clínica dela quando posso...

— Mesmo? Quem é sua mãe?

— A Consuelo...

— A d'Artagnan? A Consuelo d'Artagnan é sua mãe? Fala sério, ela é um ícone! Custamos a levá-la à universidade para uma palestra, uma pena ser tão reservada. Queria que ela fosse mentora aqui, nossa ONG é um pouco a cara dela, não acha?

— Ah, ela adora nossa chácara, acabou se acostumando com a rotina da casa e da clínica. Sem falar que ela gosta de estar acessível para quem mora longe do centro, que geralmente tem mais recursos para tratar os bichos. Acabamos recebendo demandas de pessoas de cidades vizinhas e também atendemos animais de grande porte.

— Que mulher... Ela pensa em tudo! Entendo que ela tenha encontrado sua forma de fazer a diferença por lá — ela fala com um brilho nos olhos que faz com que eu goste ainda mais dela. Quem não se sentiria bem ao ver que sua mãe é tão querida e reconhecida por valores que você também admira?

Mas eu, a d'Artagnan filha, adoraria ter uma experiência aqui! Gosto da forma como se envolvem nas políticas públicas da cidade, como tentam criar e alterar as leis municipais, como atuam para mudar a mentalidade dos cidadãos acerca do cuidado com os animais, especialmente em espaços públicos, algo sobre o qual minha mãe sempre me conscientizou, mas em que ela pessoalmente não se envolveu muito.

Pena que ficará para depois, pois o carinha da recepção deixou beeeem claro que só posso me candidatar à vaga de voluntária quando estiver na faculdade. E ainda estou no terceiro ano; nem sei se conseguirei ser aprovada no ENEM este ano.

Grito em pensamento, mordendo minha língua para não contar que vim parar neste lado da cidade para ser destratada por um sujeito que nem me deixou sentar nas cadeiras da recepção.

Melhor não arrumar treta. Afinal, a vida já foi generosa comigo me colocando no caminho da Agnes, que me salvou dos brutamontes e me trouxe aqui para dentro com o Glacê. Como minha mãe gosta de dizer, "peixe morre pela boca"; o velho ditado me lembra a sabedoria de manter-se calado, e também por que não como carne. Nada mais coerente do que uma defensora dos animais, como eu, abster-se de carne, né? É o que pede minha consciência; respeito totalmente as escolhas alheias, mas não venha maltratar bichinhos na minha frente.

Seguimos para o lugar onde os cães tomam banho, ao lado do canil, que, pelo o que posso conferir, já está bem cheio.

— Acho que o Glacê será o último que poderemos receber — Agnes fala. — Precisamos fazer nossa feira de adoção com urgência, mas... — Ela respira fundo. — É tanta coisa, Dani.

Ela me chamou de Dani! Tem noção do que é ser chamada com essa intimidade, da mesma forma que sua mãe e seus amigos te chamam, pela sua nova heroína?

— Eu imagino...! — É só o que dou conta de dizer. — Mas vocês parecem ter muitos voluntários, os cães e os gatos estão bem tratados e a ONG tem um alcance legal. Não deve ser difícil fazer uma feira que receba muitas pessoas interessadas em adotar.

— Também pensamos exatamente assim! — Uma voz diferente surge. — E não conseguimos entender o porquê de a última feira não ter sido um sucesso e de a próxima estar demorando tanto!

Então, consigo ver a dona da voz. Uma negra cujas tranças do cabelo caem pelas costas com a elegância de quem acorda com os cílios já avolumados e a pele perfeita. A moça veste um jaleco igual ao de Agnes e pela forma como se aproxima, percebo que as duas são amigas.

— Shhhh — **Agnes** intervém. — As paredes têm ouvidos. Quer arrumar confusão?

— É melhor que eles não arrumem nada comigo, hoje estou daquele jeito! Acredita que perderam o prazo para solicitar o alvará da feira de adoção? Perdemos a data e o lugar... Parece que se a gente não pegar e fazer, nada sai! Fica um monte de gente sentado aí só postando foto o dia todo.

Agnes solta um palavrão e tenho vontade de soltar outro em seguida. Cara, quem tem a chance de atuar num lugar como esse e ainda age com tão pouco caso com a vida dos animais?

— A propósito, essa é a Dani. Filha da Consuelo d'Artagnan, acredita? Eu a encontrei brigando com uns quatro homens para defender esse bebezinho aqui. — Ela afaga o Glacê.

— Menina, se estivesse colocando um para correr, eu já seria sua fã — a deusa de ébano fala. — Como falta gente de iniciativa no mundo! Estou cheia de trabalho, com um tanto de bicho para olhar e ainda terei que agitar essa feira. Não faço ideia de onde fazer.

— Por que não fazem aqui mesmo? Se liberarem a área do estacionamento e improvisarem um canil debaixo das árvores, para os animais ficarem na sombra, acho que fica bom. Vocês podem alugar uma máquina de algodão doce e algum brinquedo para atrair famílias com crianças, que imagino ser o melhor público para a feira. E tem que fazer uns bons anúncios no Facebook, direcionados também a adultos; muitos que moram sozinhos costumam querer um pet, principalmente gatos.

— Mas dá pra ver que é uma d'Artagnan! Pode me chamar de Poli. Quer entrar com a gente nessa? A Aline, que completa nosso trio de amigas, também vai ajudar. Ela está se recuperando do plantão da noite e não vem hoje.

— A gente pode conversar com a sua mãe, Dani — Agnes entra no assunto. — Você deve ser bem nova, mas a gente explica para ela direitinho. E você parece gostar tanto de bicho...

— Se eu gosto? Fala sério! Ando com kit de primeiros socorros na bolsa pensando em resgatar animais, só depois penso em ajudar gente!

— Foi São Francisco que enviou essa menina, só pode. — Poli ergue as mãos para o céu.

— Eu sempre fui louca para conhecer a ONG! Estar aqui com vocês é quase que... Um sonho!

— Entenderemos isso como um sim, então, né? Vamos pegar um colete de mosqueteira e marcar uma reunião para resolvermos a questão da feira — Agnes sentencia. — Veja um dia que a Aline possa vir. — Bem-vinda, d'Artagnan! — Agnes diz, passando a patinha de Glacê em meu rosto.

É mais que bom, é perfeito demais para ser verdade! Eu sou uma mosqueteira! Tá, ainda no começo, por enquanto apenas com a função de ajudar na feira, com o colete mais básico, mas quem diria que eu iria da casinha do cachorro à cama do dono na mesma tarde?

— Meu colete é verde-água, assim como o muro da ONG! — falo com a Farofa, minha vira-lata pretinha com uma manchinha branca ao redor do olho direito. — Quero fazer mais amizades lá dentro, sabe? Deixar de ser tão tímida e acreditar mais em mim, mas só de conhecer duas mulheres tão incríveis quanto a Agnes e a Poli... Sim, eu já as adicionei no Facebook... — Agora falo com a Bandida, cadela basset, que está com a barriga virada para cima, querendo carinho. A batizamos assim porque, quando a resgatamos, ficamos impressionadas com quanta comida ela roubava, mesmo sendo baixinha e pequena. Mamãe e eu sempre alertávamos uma a outra dizendo "olha essa bandida circulando a comida!". E logo passava ela com um pão na boca. Foi inevitável que essa gulosinha se tornasse a bandida que roubou nossos corações, assim como a Farofa, que está conosco há anos. Ela gosta tanto de jogar seu corpo e brincar na terra macia, como se estivesse fazendo uma farofa de si própria, que logo minha mãe passou a chamá-la assim.

Todas as noites, passo um tempo conversando com os cachorros que ficam soltos no enorme pátio antes de ir tomar banho. Além do carinho que recebo, sei que são exímios confidentes: o que eu disser ficará guardado para sempre.

Pego o celular para tirar uma foto da barriguinha da Bandida e visualizo uma mensagem que... Bem, não dá para ser ignorada.

< Samuel >
Vi sua foto na ONG Mosqueteiros hoje...
Massa demais!

< Dani >
Ei, Samuca! E aí, tudo bem? Pois é, fui lá hoje.
Finalmente conheci o lugar de que tanto falo!

< Samuel >
Foda! Imagino que deva estar falando com
os doguinhos como foi hahaha

Céus, como esse menino me conhece tanto?

Samuel é meu amigo desde o primeiro ano do ensino fundamental, quando morávamos perto e ele vinha brincar com meus bichos depois da aula. Nossas mães sempre se deram bem, o que fez com que passássemos alguns fins de semana e feriados juntos. Contudo, quando entramos no Ensino Médio, ele mudou de bairro e, consequentemente, de escola. Nossos encontros ficaram restritos a alguns passeios e a conversas na internet, que são infindáveis. Aliás, eram até ele começar a namorar.

< Dani >
Hehehe
Bandida e Farofa já não aguentam mais ouvir a saga do dia de hoje. Terei que chamar os outros cachorros.

< Samuel >
Bem, pode contar para mim, filhote de mosqueteira.

O efeito do interesse dele na minha vida é similar a ter uma borboleta dando cambalhotas na minha barriga. Samuel sempre foi um amigo gentil e atencioso, desses que nos escutam com calma e se lembram de datas importantes, sem falar da companhia divertida; ele sempre me faz rir! Mas, claro, as outras meninas também sabem disso, e a namorada dele agora é quem usufrui de seu bom humor.

Mando, então, vários áudios contando tudo, desde o momento que desci do ônibus suando como tampa de chaleira, passando pela vergonha que aguentei na recepção da ONG, até a luta travada com os ogros que me rendeu a amizade com Agnes, minha nova heroína motorizada em seu carro velho, porém cheiroso e cheio de estilo.

< Samuel >
Cara, se isso não é uma aventura que nem a dos livros.. Eu não sei mais o que é. Você nasceu para trabalhar com isso. Ninguém merece mais do que você estar nesse lugar!

E lá estou eu sonhando com o dia que serei uma veterinária repleta de especializações, com o jaleco dos Mosqueteiros e ajudando minha mãe na clínica, socorrendo todos os bichos possíveis. Mal sabem as pessoas que desde criança eu nutro secretamente a fantasia de ser uma Dr. Dolittle, aquela franquia de filmes onde o pai falava com os animais e depois a filha herdou o seu dom. Na minha mente, tenho um código pelo qual consigo me comunicar com eles, compreendendo como posso ajudá-los. Isso, claro, Samuel não sabe, nem precisa saber.

< Dani >
Obrigada! Fico tão feliz de ouvir isso!
Por um segundo achei que não conseguiria e
continuaria apenas ajudando minha mãe.
Não que não seja importante, mas...
Eu quero mais, entende?

< Samuel >
Claro! O esforço que fazemos para sonhar
pequeno é o mesmo que fazemos para
sonhar grande. Mas você já está encaminhada.
Tem que arrasar nessa feira aí...

< Dani >
Com tanta coisa para estudar! Nem me fale! Mas vai dar
certo, já estou tendo ideias. Mas, e aí? Estudando muito
para ser um senhor advogado?

< Samuel >
Estudando muito para passar de ano hahaha. Se eu
conseguir entrar de cara vai ser bom demais. Tá puxado.
Vou até voltar para os exercícios aqui...

< Dani >
Ah, beleza. Eu também tenho que tomar banho ainda. Mas vamos falar com calma depois, quero saber das novidades.

< Samuel >
Vamos combinar alguma coisa. Não tenho muita novidade, não, está tudo em ordem. Só terminei o namoro há três semanas, mas estou de boa.
Vou nessa, Dani. Bjo.

Oi? Volta aqui, menino, fique on-line de novo! Como assim me solta uma bomba dessas e some? Rapidamente, acesso sua página no Facebook e vejo que não há mais status de relacionamento, muito menos fotos com a namorada, ou melhor, ex-namorada. Sorrio diante da tela.

Nunca agourei namoro alheio, por isso me mantive o mais distante que pude do Samuel durante o tempo em que ele esteve namorando, evitando também intimidade com a tal. Afinal, sempre há aquela cortesia entre a namorada e a amiga do cara, né? Mas como faz para ser gente boa quando uma menina surge do nada e pega o cara de quem você sempre gostou, mas perdeu por sempre ter tido medo de falar o que sentia?

Depois das lágrimas de decepção e de ciúme, tentei colocar outro crush na minha mente, mas tudo que consegui foi distrair a cabeça, porque meu coração seguia obstinado a não obedecer. Coube a mim seguir com a vida, desejando que o sentimento passasse em algum momento. Por isso, deixei de acompanhar as atualizações do Samuel nas redes sociais, perdendo essa novidade do término.

Bem, ainda é cedo para dizer o que farei a respeito, mas...

— Talvez hoje seja meu dia de sorte, Farofa! — falo com minha cachorra, que abana o rabinho como se estivesse realmente feliz por mim.

Talvez eu não os entenda como o Dr. Dolittle, mas, certamente, esses serezinhos nos entendem mais do que imaginamos.

- 2 -

Posso sentir meu sorriso ocupar todo meu rosto. Mais um pouco e mostrarei toda a minha arcada dentária, eu sei, mas não consigo conter a euforia diante da primeira reunião que terei com as mosqueteiras responsáveis pela próxima feira de adoção.

— Oi! Eu vim me encontrar com a Agnes e a Poli — digo à moça que está na recepção.

— Qual o seu nome, querida? — uma moça de cabelos cacheados presos e olhos verdes me pergunta num tom de voz gentil.

— Daniela.

— Aqui está o seu crachá.

Recebo, então, um crachá pronto, desses impressos, como um cartão de crédito, com meu nome e sobrenome. Meu coração chega a palpitar.

— Pode usar junto com seu colete, Daniela. Aí terá acesso às dependências da ONG.

— Uau! Poxa, obrigada! Qual é mesmo o seu nome?

— Micaela. Eu fico aqui na recepção, qualquer coisa que precisar...

Gente, onde essa pessoa fofa se escondeu quando vim trazer meu currículo e aquele mal-humorado estava sentado na cadeira inquisidora da portaria? Digo mais algumas coisas a Micaela, tiro o colete da mochila — eu não iria vesti-lo dentro do ônibus com medo de que sujasse — e sigo para as instalações da Mosqueteiros.

Lá estão as meninas falando dos trabalhos que as aguardam nas disciplinas da universidade.

— Acho que esse professor fica em casa só pensando em como ferrar a turma, só pode... — Poli está com o mesmo enérgico tom de voz do dia em que a conheci. — Ah, oi, Dani.

— Essa é a *baby musketeer*... Sou Aline, tudo bem? — Uma moça da minha altura, bem branquinha, de cabelos claros e de riso tão grande quanto seu corpo, se aproxima de mim e me abraça. Aline parece ser bem fofa e me recebe com um carinho nos cabelos.

— Adorei a expressão! Tudo ótimo! Bem, vamos! Estou pronta!

— Acha duas semanas puxado para organizar a feira? A gente já deu entrada nas autorizações e precisamos de muita ajuda na divulgação, temos que olhar os animais um por um, revisar as fichas, dar banho e montar as estruturas — Aline me explica com sua voz de instrutora de ioga.

— O problema é que temos professores carrascos que querem fritar nossos neurônios. E nem todo mundo aqui colabora, sabe? — Poli anuncia.

— Algumas pessoas na ONG já têm muitas ocupações de fato — Agnes fala. — Mas há várias outras que são encostadas mesmo.

— E o que essas pessoas ainda estão fazendo aqui?

Quase que ao mesmo tempo, Aline suspira com força, Poli faz uma careta e Agnes solta o peso do corpo sobre a cadeira na qual está sentada. Logo entendo que nem tudo são flores no que parecia ser o encantado reino dos Mosqueteiros.

— Talvez seja melhor não falarmos disso... — Aline alerta — Não aqui nem agora.

— Bem, vamos organizar uma lista do que fazer com os prazos? — digo. — Temos pouco tempo, quero fazer essa feira acontecer e encontrar um bom lar para os cães e os gatos que temos.

Passamos cerca de uma hora estipulando as tarefas, as datas e as responsáveis pelas atividades. Tudo foi compartilhado por e-mail com cópia para a coordenação da ONG, e meu endereço de e-mail fazia parte da mensagem. Eles saberão que eu existo.

No final da nossa reunião, eu me despeço das meninas e me apresso para ir embora, visto que ainda tenho um longo trajeto de ônibus a percorrer. Passo pela recepção e dou um "tchau" para Micaela.

— Ah, Daniela... — ela me diz. — Eu te achei no Facebook. Mandei um pedido de amizade, espero que não se importe!

— Claro que não! Vou adicionar assim que entrar no ônibus! Deixa eu correr, senão perco o ônibus e ficarei um tempão esperando no ponto!

Posso ter começado da maneira errada, mas as coisas se desenrolaram de maneira tão certa que saio da ONG me sentindo a *baby musketeer* mais feliz do mundo. Hoje fiz mais duas amigas, estou animada com a feira e... Talvez seja hora de puxar assunto com Samuel.

Enquanto dou conta da enorme lista de afazeres que me mantém fora de casa quase o dia todo, me lembro de uma anedota que costumo ouvir sobre cachorros. "Coloque sua mulher e seu cachorro dentro de uma porta-malas por uma hora. Você verá quem te ama mesmo na hora em que soltá-los, pois a mulher vai sair e te bater e o cachorro vai abanar o rabinho". Tenho uma preguiça absurda de piadas com mulheres por razões óbvias:

a) Eu sou uma.
b) Eu admiro várias.
c) Sou bem-educada e bem-informada acerca da igualdade de gêneros, por isso, claro, feminista. Qualquer piadinha sexista, misógina ou boba mesmo, chega a me dar ojeriza.

Substitua mulher por pessoa e essa piadinha não estará mentindo. Grande parte dos humanos vão reagir com raiva a uma situação de raiva; retribuirão com desprezo ao receber desprezo. Os animais, ditos seres menos inteligentes, são capazes de retribuir nosso descaso com afeto. Quase não tenho tido tempo de ficar com meus bichos ao longo desses dias em que me desdobro para ir à escola, estar em dia com as matérias, ajudar em casa e ainda organizar a feira de adoção.

No fim do dia, depois do banho, me contorço em culpa pelo pouco tempo que tenho passado com os cachorros. No entanto, às vezes vou lá fora e me explico, acreditando que eles me entendem e que vão abanar o rabinho para mim assim como o cão da famigerada piada.

Meu celular brilha com o aviso de mensagem. Já falei com minhas colegas de sala sobre o trabalho de geografia, já troquei mensagens com Samuel — inclusive o convidando para a feira, e confirmou presença! Quem seria, então, a essa hora da noite?

< Micaela >
Oi, Dani! Como estão as coisas?

Que surpresa! Micaela é um pouco mais velha do eu e é sempre bacana comigo. Não somos íntimas, mas ela curte as coisas que eu posto, comenta algumas outras e, por causa da ONG, tem meu número de telefone.

< Dani >
Oi! Estou numa correria que só,
mas estou bem e você?

< Micaela >
Imagino! Essas feiras parecem simples, mas não são!
Posso ajudar em algo?

< Dani >
Ah, obrigada, se eu me lembrar de algo, aviso! Bem,
vou dormir. Qualquer coisa, te chamo, ok? Beijos

Deixo o celular no chão e repouso o corpo na cama, pensando na infinidade de tarefas que me esperam no dia seguinte. É a última coisa que passa pela minha cabeça antes de me entregar ao sono.

Depois da aula, tento falar com as mosqueteiras, que estão num dia daqueles. Além do estresse com o último semestre da universidade, Agnes teve problema com o velho Monza e não vai conseguir chegar a tempo na ONG, assim como as outras meninas, que pegam carona com ela da aula para o estágio na Mosqueteiros.

Confiro a lista de atividades e vejo que o próximo passo é conseguir voluntários para as tarefas da feira, organizando um rodízio para não sobrecarregar ninguém. São funções simples como receber as pessoas, manter o ambiente dos animais limpo, alimentá-los durante a feira e fazer o cadastro de quem for adotar. Mas tudo demanda disponibilidade. Uma pena que eu seja novata e não conheça ninguém. E então surge a ideia de procurar Micaela. Como ela trabalha na recepção, é claro que tem o contato de todos os voluntários! Pergunto se ela pode me ajudar com isso e ela me responde, quase imediatamente e de forma muito positiva, que pode reenviar a listagem de tarefas por e-mail aos voluntários da ONG. Então, formato uma tabela caprichada com todas as nossas necessidades com as sugestões de horários do rodízio. Envio para o endereço dela e, enfim, posso relaxar um pouco, pensar nas atividades da escola e curtir os cachorros e os gatos.

Mais tarde, enquanto minhas unhas pintadas de preto secam, vasculho na internet alguma blusinha interessante para usar no dia da feira. Faz alguns meses que Samuel e eu não nos vemos, e quero me sentir bonita, mas não muito arrumada, já que vamos nos reencontrar numa feira de adoção de animais numa manhã de sábado. Não é muito simples encontrar algo que me vista bem — e me distraia das minhas neuras com meu corpo —, uma vez que acho meus seios enormes para meu biotipo. Volta e meia também implico com minha cintura reta, e embora eu não tenha muita barriga e esteja no peso dito ideal, ainda me sinto uma régua de tão quadrada. Sou absurdamente menina, tenho cara de garota e um ar jovial que parece incompatível com meu desejo de namorar. Se meu corpo acompanhasse meu coração... Se minhas ações acompanhassem meu sentimento, eu demonstraria o mesmo empenho de salvar os animais em me manter perto do garoto por quem sou apaixonada há anos.

Por fim, resolvo usar um vestido de malha que vai cair bem com o colete verde-água, que eu poderia usar 24 horas por dia, e calçar um tênis baixo, que vai me deixar confortável para o trabalho e com jeitinho descolado.

Espero que Samuel goste das minhas novas amigas, se é que posso chamá-las assim. Adoraria que ele me visse enturmada, rodeada de pessoas legais e que me querem bem, como se estar cercada de gente bacana mostrasse que sou igualmente interessante. Afinal, Agnes, Poli e Aline representam o que desejo ser quando for uma mulher de verdade. Para uma menina como eu, conviver com a personificação de seu sonho é um presente. Espero não as decepcionar.

A alegre sensação de ter ido bem no teste de Física se esvai quando pego o celular repleto de ligações da Agnes. Logo, abro as mensagens que não pude ler antes por estar na aula.

< Agnes >
Dani, quando puder me retorna?
Precisamos conversar.

Dani, qual data você colocou no arquivo?
Está dando uma confusão danada no grupo
dos voluntários.

Então, percebo que fui adicionada ao grupo do WhatsApp dos voluntários da ONG. Há cerca de duzentas mensagens, sendo várias sobre o arquivo que eles receberam na tarde de ontem com a divisão das tarefas e o pedido de ajuda. Pelo que consigo acompanhar, o evento foi com a data deste sábado, mas a feira está agendada para o outro fim de semana. Depois que tivemos quase todos os horários preenchidos pela boa vontade das pessoas, caiu a ficha de que a data estava trocada. Começou, então, um debate no grupo sobre a data certa, já que ninguém tinha visto nenhum cartaz de divulgação. Desço as mensagens acompanhando o desenrolar do começo da confusão: o e-mail enviado pela nova voluntária, a Daniela, que já foi inserida no grupo.

— Como posso ter sido tão lerda? — digo, já sentindo minhas bochechas corarem de vergonha.

Ligo para Agnes a fim de saber mais detalhes do mal-entendido. Ela me atende normalmente, o que me alivia um pouco, mas não muito.

— Falaram um pouco no nosso ouvido sobre a confusão das datas, mas tudo bem. Acontece — ela diz com uma ponta de desânimo na voz. — Já resolvemos tudo. E bom que você já foi adicionada no grupo de WhatsApp; se tivesse sido antes, isso teria se resolvido mais rapidamente. No fim das contas, foi mais falha nossa mesmo.

Agnes mantém a cordialidade e desligamos o telefone pouco depois, uma vez que o assunto aparentemente foi resolvido.

Contudo, meu coração se aperta como se estivesse sendo amarrado diversas vezes em duros nós. Como posso ter errado numa coisa tão simples e que gerou tanta repercussão? Sei que o pior já passou, mas quando eu conhecer o pessoal da ONG, todos se lembrarão de mim como a menina que fez a confusão das datas. Não sei se me retrato no grupo, se fico quieta ou se saio. A frase de Agnes me vem à cabeça "foi falha nossa mesmo". Parece que eu as desapontei, como se fosse incapaz de tarefas simples. Céus, como pude estragar algo que eu queria tanto? Será que, por acaso, se um dia eu estiver com Samuel, também vou meter os pés pelas mãos?

Envergonhada comigo mesma, largo o telefone e vou ao lugar onde me sinto mais aceita no mundo. Caminho para fora de casa e logo chego ao canil, já ouvindo o som dos latidos e recebendo as patinhas nas minhas pernas.

— Oi, Toninho — digo para o labrador que quase me derruba. — Eu também estava com saudade! Solta a bolinha, solta! Não posso jogar a bolinha para você buscar se não soltá-la! Oi, Barriguda! Como você está linda! Tomou banho?

Em segundos, estou sentada no chão, cheia de pelos e rodeada de bichos — e de muito amor.

-3-

Embora minha mãe tenha me tranquilizado sobre o ocorrido e até me alertado de estar sendo um bocado dramática, ainda sinto uma pontada no peito quando me lembro do assunto — o que acontece a cada três minutos. Talvez minha autoconfiança esteja despencando para um nível alarmante, uma autoestima tão baixa a ponto de ter me tornado demasiadamente sensível a críticas. Quem não erra? Tudo bem que errar de primeira, num grupo que não te conhece e que você quer muito fazer parte é azar demais, mas acho que tem um medo meu de ser rejeitada. Ah, autoestima, se você fosse encontrada na farmácia, eu te tomaria em doses cavalares. Contudo, tenho que conviver comigo mesma e com minhas fragilidades, criando paranoias que perturbam meus pensamentos. Não tem outro jeito. Tenho que me aceitar, levantar a cabeça e seguir adiante.

Depois de muito tempo, ouso pegar o celular e checar as mensagens. O assunto no grupo dos voluntários segue outro curso e ninguém parece se importar mais com meu erro. Então, localizo uma mensagem de Micaela.

< Micaela >
Dani, estava na aula e só vi a confusão
toda agora. Eu devia ter conferido o arquivo,
você está fazendo muita coisa...
Mas acabei só repassando mesmo!
Na próxima, eu te ajudo mais, ok? Sinto muito,
espero que você esteja bem.

< Dani >
Oi, Micaela! Fique tranquila, o erro foi meu. Você já me ajudou repassando os contatos. Obrigada pela mensagem! Beijos

Micaela tem vinte anos e, pelo que fucei em sua página e conversei com ela, estuda Comunicação e trabalha na ONG para ajudar a pagar os estudos. Desde o começo, ela sempre se mostrou doce comigo e achei bem gentil ter me mandado a mensagem. Talvez Agnes e Aline também pudessem me mandar alguma mensagem no estilo *você é incrível e tem feito coisas maravilhosas pela feira em tão pouco tempo. Foi só um vacilo! Não se preocupe, você continua sendo uma mosqueteira! Beijos*. Da Poli não espero algo tão fofo, mas talvez ela pudesse dizer *você é foda, não ligue para o que esses trouxas falam* quando me visse. Mas o que veio foi uma mensagem da pessoa que trabalha na recepção. Não me identifico tanto assim com a Micaela, provavelmente pelas áreas diferentes que escolhemos para atuar, mas lá no fundo compartilhamos uma energia similar. Talvez veja em Micaela a menina que sou por reconhecer nela a minha vontade de encontrar um lugar no mundo.

Meu clima hoje está tão derrotista que nem estico assunto com ela. Talvez amanhã ou depois eu consiga conversar mais.

Durmo o sono do meu gato Morfeu, que não tem esse nome à toa, e acordo com tempo para tomar banho antes de ir à aula. Eu me arrumo com calma e, antes de tomar café, confiro o celular.

< Agnes >
Bom dia. Tivemos problemas e
a feira terá que ser neste sábado. Vamos avisar aos voluntários e cuidar das coisas por aqui.
Pode cuidar da divulgação?

O que vai ser de um evento que precisa de público sem propaganda? E como divulgar bem em três dias, quando passo todas as manhãs na escola e tenho responsabilidades em casa?
Respiro fundo. Eu sou uma mosqueteira. E está na hora de mostrar isso.

< Dani >
Bom dia, Agnes. Pode contar comigo.
Aprovem a arte do evento que vou organizar
as postagens e pensar em outras ações.
Verei o celular no intervalo da aula, ok? Beijos

Enquanto tomo meu café da manhã com pressa, porque a essa altura já estou aceleradíssima, mando um áudio refazendo o convite a uma pessoa que eu quero muito ver...
— Oi, Samuel... Bom dia!...

Setenta e duas horas passaram como num piscar de olhos. As postagens que organizei tiveram bom alcance e foram bastante compartilhadas. Fiz contato com pessoas e instituições que se interessam por esse tipo de causa para nos ajudar na divulgação. Alguns influenciadores digitais publicaram o evento em suas redes, e fiz questão de dar print e mandar para o grupo. Para completar minha sorte, liguei para algumas rádios que divulgaram o evento, e duas entrevistaram algum mosqueteiro para falar da feira. Foi, sim, uma senhora divulgação para quem chegou agora. Claro, ajudei em muita coisa, mas não fiz nada sozinha, já que muita gente colaborou nas redes sociais e no famoso boca a boca.

No sábado, acordo cedo e conto com a carona esperta da minha mãe, que me leva à feira — a ONG é longe da nossa casa, ou melhor, nossa casa é que é distante de quase tudo, e contar com ônibus aos fins de semana não costuma ser boa ideia.

Chego ao local e encontro grande parte da estrutura montada. As meninas já estão lá, terminando de ajeitar os animais para a exposição.

— Mas vocês estão lindos demais... Mamãe vai querer ficar com todos! — falo assim que vejo aquele monte de cãezinhos de gravata e lacinho. É muita fofura junta, ainda mais com o cheirinho de banho.

— Olha, nos resolveria um problema e ainda ficaríamos tranquilas de saber que vão para a casa de alguém que cuidará bem deles — Poli diz, enquanto tenta segurar um gato que insiste em sair de seu colo. — E bom dia!

— Bom dia! E bom dia, gente! — digo às meninas. — Essa é a Consuelo, minha mãe, que veio me trazer e conhecer melhor as amigas de quem tanto falo.

As meninas param o que estão fazendo e a recebem com abraços e gentilezas já esperados.

— Vou dar uma volta e deixar vocês terminarem o trabalho, ok? — ela diz, nos deixando à vontade e, claro, ficando livre. Pelo que a conheço, ela irá ajudar a ONG comprando alguma coisa do bazar ou da lanchonete e logo dará um jeito de ir embora sem se despedir. Eu combinei que voltaria mais tarde, pois só saio dali depois que tudo acabar e que me encontrar com... Bem, espero mesmo que ele venha!

—Torço para que a gente consiga encontrar boas famílias para eles... Tem muito bichinho, né? Não fazia ideia de que eram tantos — digo.

— Viu por que tivemos que acelerar a feira? — Aline me diz baixinho. — Sem falar que alguém sem coração nos denunciou...

— Não acredito! Mas por quê? Gente, a Mosqueteiros é referência...

— Por isso mesmo! Imagina o escândalo e como a imagem da ONG ficaria arranhada! Já estamos trabalhando com pouquíssimos recursos há tempos; se uma denúncia tem fundamento e vaza... É o fim!

— Estou chocada! Não achei que uma causa dessa tivesse inimigos!

— Nem nós... Mas não espalha! A gente conversa depois sobre isso — Aline termina a conversa em tom sério e volta ao canil para buscar mais cachorros.

Eu mal sei o que pensar. Devo ser muito Alice mesmo: achei que a ONG seria o país das maravilhas, estando entre bichos e amigos novos. Mas, depois de lidar com grosserias num primeiro momento, agora descubro que tem um complô contra os mosqueteiros. O que será que teriam denunciado? Vou ter que segurar a curiosidade, pois, para meu alívio, começa a chegar gente para a feira. Pressinto que a manhã será agitada.

— O que será que a dona Consuelo dirá se chegar com esse doguinho em casa hoje? — uma voz bem familiar se aproxima de mim e, embora me pegue de surpresa, não me assusto.

— É exatamente isso que estou pensando... — Rio. — Só que meu pastor alemão Zangado vai latir até amanhã se eu arrumar outro macho. Que bom que você veio!

Eu me levanto e dou o abraço que ensaiei sozinha com o ar nos últimos dias. Ah, Samuel, como é bom te ver de novo! Encosto em seus braços, que agora estão mais firmes, como se ele estivesse se exercitando. Seus cabelos estão despojados, como se não cortasse há algum tempo, deixando os fios num estilo black power que se encaixa com perfeição em seu semblante sereno. Você continua tão lindo! Finalmente tenho permissão para deixar fluir minha paixão sem tentar abafar meus sentimentos por você estar com outra pessoa.

— Só assim para gente se ver! Sem falar que eu estava louco para fazer algo diferente, tô de saco cheio dessa rotina de estudo — ele explica.

— Leva um gato... Combina com você. Vai te distrair e não demanda tanto como os cães. Mas tem que telar as janelas do seu apartamento... Regras da adoção.

— Quando eu for um advogado formado, estiver trabalhando e morando sozinho, certamente. Até lá, sigo as regras da senhora minha mãe. Vou me contentando com a companhia dessa gatinha aqui. — Ele passa o braço pelos meus ombros, e eu me arrepio inteira. — Que saudade, Dani. Não podemos ficar tanto tempo sem nos ver assim!

Então me namore!, meu coração gritaria se pudesse, mas sou repleta de couraças corporais que evitam demonstrar sentimentos dessa natureza. Ah, como eu queria ser mais solta e correr o risco de lascar logo um beijo nessa boca! Mas como fazer isso minimizando um possível fora e o fim da nossa amizade? Se der tudo errado, como farei para viver sem meu melhor amigo? É uma aposta alta demais para bancar.

Eu arrumo um banquinho para Samuel, e sentamos um ao lado do outro na mesa onde quem adota preenche uma ficha. Depois do cadastro, as pessoas vão para uma conversa com os mosqueteiros. Alguns já saem daqui com os animais, outros dependem de alguns ajustes em casa e voltam durante a semana para buscar os pets. Não consigo mensurar quantos babies já foram adotados, mas de onde estou dá para ver que muitas peças já saíram no bazar e que a lanchonete está de vento em popa.

— Disseram que os lanches daqui estão bem gostosos. Se quiser comer algo... — digo.

— Acho que a gente podia ir ao shopping depois para conversar, talvez ver um filme. Aí almoçamos naquele vegetariano...

— Assume logo que você também gosta daquele restaurante! Tudo lá é delicioso!

— Inclusive sua companhia. — Ele ri. — As coisas lá são boas mesmo. Não dá nem pra sentir falta de carne.

Sinto que flutuo e vou às nuvens.

— Daniela, é você? — Uma moça interrompe meu delírio romântico. — Sou a Sônia, agora é meu horário na função, pode descansar.

Então, me dou conta de que é a voluntária que ficará no horário seguinte ao meu. Eu me levanto e a recebo com um abraço.

— Bom que você trouxe o namorado para fazer companhia, né? — ela fala enquanto assume a função.

Sinto o rosto corar e meu corpo recua num susto. Será que estão pensando que Samuel é meu namorado?

— Vim dar uma força para minha amiga... — ele responde.

Então, desço das nuvens com a rapidez de alguém que tem seu balão furado. Sorrio e respiro fundo. Essa é a verdade, não é mesmo? Samuel é um amigo que veio ajudar uma amiga. Pode ser que amanhã mude, mas, até lá, é tudo que eu tenho.

Passo a manhã de domingo deitada com as pernas apoiadas em travesseiros. Ontem, depois de ajudarmos a desmontar a feira e voltarmos com os bichos para o lugar de costume, bati perna com Samuel no shopping. Voltei para casa com o céu já escuro, o corpo exausto e com disposição apenas para tomar banho e bater na cama.

Aproveito o estado de repouso para assistir a um documentário que me ajudará na aula de história. Não tenho tempo a perder, já que quero passar de ano com tranquilidade e começar logo a universidade. Além disso, as meninas me perguntaram que dia eu voltaria à ONG, dando a entender que estou mesmo dentro! Mais uma razão para otimizar meu tempo.

De repente, uma mensagem de Micaela chega em meu celular.

— Deve ser para comentar de ontem, já que ela nem conversou direito comigo durante o evento... — falo sozinha quando me dou conta de que a vi apenas de longe.

Ela me cumprimentou rapidamente, mas não fez o menor esforço para passar um tempo ao meu lado, mesmo eu tendo me mostrado aberta a sua companhia, até Samuca chegar, claro. Mas não vou pirar com isso, estávamos todos ocupados ontem e, para ela, a ONG não é voluntariado, é um emprego.

Abro a mensagem e vejo um recadinho do estilo *você fez falta na confraternização do pessoal da ONG* seguido de uma foto de Agnes, Poli e Aline sentadas no chão e rindo como boas amigas que são. Pelo visto, os mosqueteiros ficaram na casa se divertindo. Engraçado que quando me despedi das meninas e até de outras pessoas que trabalham lá mas ainda não me conheciam, todos foram gentis, me elogiaram e agradeceram o apoio na feira. Será que nada é o suficiente para começar a formar laços e entrar pra galera? Talvez o fato de eu estar com Samuel tivesse inibido algum convite ou talvez a ideia tenha surgido depois que fui embora. Fato é que é impossível ignorar a pontinha de ciúme que me acerta o peito.

Ah, por que tão insegura, Daniela?

Respondo a Micaela que tinha outro compromisso e mando uma carinha feliz para que ela nem desconfie que não estou para papo. Aliás, toda a gentileza dela comigo tem começado a me causar aversão. Mas a pobre da Micaela não tem nada a ver com minha dor de cotovelo. No fundo, ainda estou meio mordida por ontem: ouvir da boca de Samuel que somos apenas amigos ruiu com qualquer expectativa de que nossa situação mudasse.

Eu me lembro de seu rosto. Do maxilar forte e rústico, tão diferente de quando éramos crianças. Ele, agora, ostenta o rosto de quem será um homem lindo, ainda mais charmoso. Sua boca é deliciosamente desenhada, carnuda, que me atrai e desperta desejos que até então eu desconhecia. Sinto uma vontade de ser dele, de me entregar, de me abrir e de deixar esse sentimento fluir sem medos ou constrangimentos. Sua pele negra parece ter passado imune aos hormonios da adolescência, se mantendo lisa e sempre tão linda, com um viço de gente feliz. Seus olhos são como dois grandes poços repletos de mistérios, que me convidam a mergulhar e descobrir quem é o Samuel em sua intimidade. Definitivamente, não quero ser só sua amiga.

Sonho com amizades que me parecem inatingíveis, quero me formar e conquistar uma vaga numa universidade federal de uma vez e ainda namorar meu melhor amigo. É muita coisa para uma d'Artagnan só.

— Mããããão... — entoo um mantra já conhecido.

Logo estou ao lado da pessoa que mais estabiliza meu emocional, acima de todos os cachorros e gatos desta casa, no lugar mais desejado, a cozinha. Nosso almoço deste domingo é lasanha de berinjela com ricota, tomate seco e nozes — e muita conversa.

— Eu preciso mesmo focar em ir bem nas provas e dar meu máximo no ENEM. Quero muito começar a faculdade logo — digo quando estamos à mesa.

— A pressa em entrar na universidade é sua, já falamos sobre isso. Não quero que se mate ou desenvolva um transtorno de ansiedade. Se der para passar, ótimo. Se não, seguimos com um ano de cursinho.

— Acho que terei tempo para estudar, não sei se terei mais serventia na ONG depois da feira.

— As meninas já disseram que você pode acompanhá-las durante alguns plantões. Além do mais, depois de um evento, sempre vem outro. Com certeza tem coisa para fazer lá.

— Não sei se elas farão questão de mim...

— Ah, é disso que estamos falando, então — ela diz de forma firme. — Querida, relações são construídas. Não pode comparar o que já existe entre elas e entre quem já participa da ONG com você, que acabou de chegar. Tenha um pouco de paciência e de fé em si mesma.

— Mas quem vai querer ser amiga de uma menina do Ensino Médio? Sem falar que teve meu vacilo na troca das datas, fiz papel de boba na recepção quando cheguei... Ah, talvez as pessoas me achem meio boba.

— Você só fica boba quando vê as situações através das suas inseguranças. Aí se diminuí, não se valoriza e enxerga tudo a partir dos seus medos.

— Mãe, como faço para sair disso? Minha cabeça não para de criar paranoia, às vezes fico tão negativa...

— O único jeito é sabendo a verdade, filha! Ligue para elas. As meninas me pareceram tão bacanas, tenho certeza que te receberão bem.

— É, elas não são idiotas. Dá para conversar com elas sobre o que tenho sentido.

— Claro que não são! Você não iria querer ser amiga de idiotas!

— Mas se eu descobrir que elas não são o que eu esperava? Se forem pessoas superficiais?

— Então, querida, será uma oportunidade de ensiná-las a lidar com os sentimentos das pessoas. Mas acho que não será preciso, sabe o que a nossa experiência nos ensinou.

— Que quem ama os animais costuma não decepcionar as pessoas — digo com um pequeno sorriso no rosto.

— Mesmo que uma pessoa desaponte a outra, apesar de errarmos com frequência, quem reconhece o valor da vida de um animal certamente já reconheceu outros valores.

Ela pisca um dos olhos para mim, como se soubesse o que farei em breve.

Chego à ONG numa tarde de sexta-feira ainda de uniforme da escola. Se fosse em casa almoçar, descansar e me trocar, perderia muito tempo e ainda correria o risco de desanimar. Sem contar que poderia me desencontrar das meninas, pois dei sorte de as três estarem juntas hoje na clínica.

Observo a forma como elas trabalham, cuido dos bichos do jeito que posso e ajudo na organização, tudo de um jeito bem discreto e quando sou solicitada.

— Deu tudo certo depois da feira? — pergunto. — Soube da festinha que rolou aqui.

— Festa de ligações... — Poli responde. — Sempre que a ONG é divulgada e tem evento, chove telefonema de gente achando que somos a carrocinha que recolhe animais nas ruas.

— Eu vi uma foto de vocês como se estivessem numa confraternização — digo com receio, mas vou adiante certa de que quero entrar no assunto.

— Foto da gente? Deixa eu ver. — Poli gira o corpo na minha direção, demonstrando total interesse no assunto.

Então, pego meu celular, abro a janela de conversa da Micaela e mostro a imagem.

— Sentar para descansar entre um evento e um plantão é festa? Não sabia. E olha que tinha água dentro do copo — ela responde.

— Quem te mandou isso? — Agnes, que também vê a foto, pergunta.

— Não queria fazer fofoca, mas esse assunto está me matando! Eu adorei conhecer vocês e sempre quis ser uma mosqueteira, mas me senti de fora depois de saber que rolou uma festinha e nem fui convidada, mesmo depois de ter trabalhado bem e achado que estávamos nos tornando amigas — digo, temendo parecer ridícula, mas correndo o risco mesmo assim.

— Dani, calma! — Agnes se coloca na minha frente e coloca a mão em meus ombros. — Não rolou festinha alguma. A ONG funcionou normalmente depois do evento, e, se tivesse rolado, é claro que te convidaríamos!

— A gente sempre comenta que queríamos ter sido iguais a você nos nossos 17 anos... — Aline entra no assunto. — Quem me dera ter sua consciência, seu traquejo para resolver as coisas, sua criatividade... Você é encantadora, a gente também adorou te conhecer.

— Pode botar fé — Poli diz. — Você é das nossas!

Eu não me seguro e dou um abraço em cada uma delas. Para que economizar sentimentos se já estou exposta? E que sensação boa é fazer parte de algo assim!

— Obrigada, meninas! Era tudo que eu precisava ouvir! Morri de medo de vocês estarem arrependidas de terem me dado um voto de confiança depois do meu vacilo com as datas. A Micaela se mostrou tão receptiva que não achei que daria errado mandar a tabela por ela.

— Aposto que foi a Micaela que mandou a foto... Ela ficou aqui depois do horário no sábado, embora geralmente conte os minutos para sair — Poli emendou.

Eu aceno com a cabeça concordando.

— Claro que veio dela! E daquele outro lá...

— Quem? — pergunto.

— Meninas, pode ser ruim falar disso aqui. Por que não vamos comer algo quando acabarmos o plantão? — Aline sugere.

— Eu adoraria, Aline, mas o horário de vocês vai até tarde, e eu ainda preciso pegar ônibus, cortar a cidade...

— Meu carro já está bom, te deixo em casa — Agnes diz.

— Bom, bom, nosso carro velho não ficará, né? Mas aquele ali é guerreiro! Vou colocar o nome desse carro nos agradecimentos do meu convite de formatura, juro! — Poli se aproxima de Agnes provocando alguns risos. — Eu não me formaria sem nosso Monza Alado.

— Como você é brega, Poliana! — Agnes responde. — Mas ele tem cara de Monza Alado mesmo. Mas ó... Eu te deixo lá depois, sei que mora longe, mas dá pra ir. Vou adorar, inclusive, conhecer a chácara onde moram. Você fala tanto dos seus bichos.

— Nosso pé de amora está bem carregado nesta época do ano. Sem contar que a gente pode moer cana na hora e tomar garapa fresquinha. E sempre tem tofu na geladeira e sorvete no congelador. Querem ir lá? Com o horário de verão, podemos chegar com o dia ainda claro e ver os bichos.

— Minha filha, se tivesse parado na amora eu já teria dito sim! Estamos dentro! Vou até ligar para a equipe que vai nos render para ver se ganhamos uns trinta minutos para sair mais cedo, assim evitamos trânsito. — Agnes pega o celular.

Mal posso conter meu riso quando ouço o arranjo das meninas com horários para irem até minha casa. Mando uma mensagem para minha mãe, avisando das visitas, e ela responde com um coração dizendo que está feliz por mim. Aliás, felicidade é a palavra do momento, quase não me controlo.

Porém, uma pulguinha dessas insistentes, do tipo que temos que repetir a dose do medicamento para nos livrarmos, está saltitando atrás da minha orelha. Qual a desconfiança delas com Micaela? E quem é o outro ao qual elas se referiram? E qual a natureza das denúncias contra a ONG?

Além de andar no Monza Alado mais uma vez, tive a companhia das minhas amigas mosqueteiras, tais quais amazonas, que, agora, estão atacando o pé de amora de onde moro. Minha mãe está em casa preparando um lanche enquanto nos empanturramos da pequena fruta e brincamos com os cachorros.

— Gente, mas essa cachorra está tomando tudo da minha mão — Aline fala.

— Eu te alertei sobre a Bandida. E também sobre a Farofa, que pode jogar terra no seu pé. E pode ser que o Molhado faça xixi em você ou no carro de tão feliz que ele fica quando brinca. Acontece — respondo com a boca roxa de tanto comer amora. — Mas agora me digam: qual é a da Micaela?

— Pra começar, amiga do Carlos não é a melhor referência, sabe? Ele é filho do fundador da ONG, um ricaço que quis fazer caridade com o dinheiro. Só que é o filho problema da família, aí o pai o colocou para tomar conta da Mosqueteiros para ver se melhorava como ser humano — Aline comenta.

— O que não parece que tem dado certo — Poli solta.

— Não faço ideia de quem seja...

— Sabe, sim. É aquele cara que estava na recepção no dia que te conheci. Ele segurou a onda da Micaela por ser amigo dela. Se fosse outra pessoa que precisasse faltar, ainda mais em um dia cheio, ele teria demitido ou feito a pessoa perder o dia de salário.

— Não acredito que é aquele embuste! Aliás, nunca mais o vi ali!

— Porque ele não suporta bicho, não suporta gente, não suporta ver o dinheiro do papai sendo usado em algo que não seja do agrado dele.

— Tenho certeza de que ele não gosta de gente... Passei a maior vergonha quando estive lá, saí de lá chorando.

Conto, então, minha saga daquele dia. Agnes nem imaginava que, quando me encontrou, eu havia acabado de sair de lá. Fiquei contente por ouvi-la dizer que quase me perderam se não fosse a confusão com o Glacê, que foi adotado na feira e agora está seguro numa família com duas crianças que queriam muito um doguinho. Embora todas tenham personalidades bem definidas e ajam com certa segurança, não posso deixar de sentir uma liderança natural em Agnes não só no trio, mas entre os demais mosqueteiros da ONG. Vários tiram dúvidas com ela, pedem autorização para procedimentos e se informam sobre horários e questões do trabalho. Não tenho dúvida de que ela será uma brilhante veterinária e profundamente comprometida com a causa.

— Desde que esse moleque se tornou diretor, as coisas andam avacalhadas. Já perdemos vários mosqueteiros que não suportam as decisões arbitrárias dele. Por isso fizeram outra seleção às pressas — Poli diz. — Estamos segurando a onda, mas tem hora que penso em cuidar da minha vida, sabe?

— Mas também não dá pra chutar o balde, porque amamos a Mosqueteiros, sabemos da relevância dela para a cidade, para os animais e, claro, nosso trabalho vale como o internato que todos têm que cumprir para se formar em veterinária — Aline me explica.

— Por isso a gente fica enfurnada lá, não é festa não — Poli diz, colocando mais uma amora na boca.

— Será que esse menino quer acabar com a ONG? Não basta ser de família rica, tem que atrapalhar a vida dos outros? — questiono.

— A gente se pergunta isso todo dia. Assim como nos perguntamos quem teria feito uma denúncia anônima na Prefeitura contra a ONG. E com tanta especificidade sobre os ambientes e os trabalhos...

As meninas, então, contam que dias antes da feira, fiscais apareceram de surpresa na casa onde funciona a Mosqueteiros para checar o canil e o número de animais que ela abrigava, as condições sanitárias da clínica e a documentação da ONG, incluindo a dos funcionários e voluntários. Como o canil realmente estava cheio, as meninas resolveram antecipar a feira, mas não conseguiram evitar uma multa que onerou ainda mais os gastos do mês.

— Parece que o que o Carlos quer é comprometer a Mosqueteiros ao máximo para que ela não se mantenha mais. Nenhum empresário quer ajudar uma ONG mal falada.

Tudo pra mim soa tão absurdo que ainda não sei o que pensar. Rapidamente, uma ideia surge. Acesso minha conta de e-mail pelo celular e faço algo que deveria ter feito há muito tempo: confiro a mensagem que mandei à Micaela.

— A data... Eu mandei a data certa. Ela que mudou o arquivo antes de mandar para o grupo. — Mostro o celular para as meninas.

Ainda perplexa com a falta de profissionalismo e com quanto as pessoas podem ser perversas umas com as outras, ouço minha mãe nos chamar do alpendre. Respondo que já vamos.

— E aí? Vamos conversar com ela? — Poli sugere.

— Não sei se é o momento... — Agnes diz. — Acha que consegue ser sangue frio e continuar a ser amiga dela, para ver até onde isso vai? Vamos ganhando tempo e tentando colher informações.

— Acredito que consigo, sim. Só preciso ficar esperta para não dar munição para eles.

— Calma, Dani, a gente estará por perto. Pode ser nossa chance de esclarecer as perguntas que temos nos feito. Mesmo tendo chegado agora, sabemos que se importa com a Mosqueteiros assim como a gente! — Aline comenta.

— Nossa motivação é a mesma, isso nos uniu. E fique tranquila, não vamos deixar você na mão, como a Aline disse — Agnes fala.

— Também não deixarei vocês na mão! Jamais!

— Ótimo! Estamos juntas nessa. — Agnes nos chama para perto, nos olha nos olhos e coloca a mão ao centro. — Uma por todas!

Nós colocamos as nossas mãos sobre a dela.

— E todas por uma! — respondemos.

- 4 -

Tenho passado mais tempo na ONG a fim de descobrir alguma informação que ajude a montar o quebra-cabeça — e não faço ideia da imagem que vai aparecer quando as peças tiverem se encaixado. A única notícia que tenho é que as contas deste mês não fecharam em função das multas.

— E pensar que meses atrás a Mosqueteiros se mantinha com o próprio caixa... — Agnes comenta baixinho, enquanto preenche um relatório.

— O que aconteceu para chegar a esse ponto? — pergunto.

— Quando não se estimulam as doações, não se tratam bem os doadores que mantêm a casa e não se dá um retorno quanto aos trabalhos da ONG, as pessoas se sentem desmotivadas a doar. Esquecem, acham que aqui não precisa... Tínhamos um serviço de relação com os doadores incrível, mas aí veio um projeto de contenção de gastos e demitiram a profissional que fazia isso.

— Não é possível que o pai não veja o que o filho está fazendo com a organização que ele fundou. Ninguém nunca pensou em conversar com ele?

— Para falar mal do próprio filho? Eu não farei isso! Além do mais, não sabemos se a real motivação do senhor Luís foi se livrar de impostos ou melhorar sua imagem ao fundar a Mosqueteiros. Talvez já nem se importe mais...

Será possível deixar de se importar com algo que a gente criou? Não faz sentido investir num espaço desse e depois deixar tudo ao léu. Ao mesmo tempo, por que nunca vi o senhor Luís, que começou a ONG quinze anos atrás, por aqui? Talvez seja ocupado demais para lidar com as nossas questões e, com isso, manipulado pelo filho. A questão é que várias pessoas aqui se importam, e eu sou uma delas.

Agnes volta à clínica, e eu, aos estudos. Costumo ficar num cantinho com meus cadernos visto que faltam algumas semanas para o ENEM. Vez ou outra, dou uma passada na recepção, puxo um assunto com Micaela que ora rende, ora não. Ela parece ser aquelas pessoas de lua, que mudam conforme o dia, mas aí me lembro que a amizade dela não é sincera: ela conversa comigo apenas quando é conveniente.

Quando dou por mim, é hora de pegar o ônibus e voltar para a casa. Fecho a apostila de biologia, dou tchau para as meninas e caminho até a saída.

— Tchau, até mais. — Eu me despeço de quem está na recepção quando esbarro novamente nele: Carlos, o sujeitinho que me esculachou nesse mesmo lugar dois meses atrás!

Desta vez, consigo reparar um pouco mais nele. Muito bem vestido, cabelo arrumado e a barba feita. Carlos é alto, esguio e, que horrível admitir, bonito. Deve ter cerca de vinte e sete anos, não mais que isso, e exala um perfume delicioso.

— Depois que eu convencer a Associação de Moradores... — É o que eu o ouço dizer antes de surpreendê-lo conversando com Micaela.

— Até logo — ele me responde num tom educado, totalmente diferente da primeira vez, assim como Micaela, que me dá um "tchau" com um riso mole no rosto.

Assim que tenho certeza de que estou longe o suficiente para entrar em contato com minhas mosqueteiras sem risco, tiro o celular da bolsa e envio um áudio no nosso grupo no WhatsApp.

— Meninas, eu sabia que minhas idas à ONG dariam em algo. Acabo de ver o embuste do Carlos na recepção de papo com a Micaela. Antes que me vissem, escutei algo como "convencer a Associação de Moradores". Não pesquei mais nada, mas acho que isso já pode nos dar alguma pista.

Antes mesmo do meu ônibus chegar no ponto, pipocam mensagem das meninas.

< Poli >
Se o verbo é convencer é porque não presta.
Nenhuma ideia que vem dele funciona, gente!
Acredita que ele sugeriu cobrar pelos atendimentos que são gratuitos? Várias pessoas que não têm condições vêm até aqui por causa do atendimento gratuito à população, a ONG é famosa por isso!
Agora esse cara acaba com tudo o que outros construíram. Eu tô tão nervosa!
Gravaria duas horas
de áudio se não estivesse aqui na clínica.

< Aline >
Poli está ao meu lado, vai quebrar o celular
com a forma que digita.
Mas hoje tá punk mesmo. Sempre que ele está aqui,
ele desanima a gente de uma forma... Enfim, vamos tentar
descobrir o que ele tem de tão importante na Associação
de Moradores. Será que não tem nenhum voluntário que
more aqui perto e que seja da Associação?

< Dani >
Sinto muito pelo baixo astral! Mas vamos continuar firmes
para resolver isso.

< Agnes >
Deixa comigo. Vou descobrir o que esse cara
quer com a Associação.

Sem dar muitos detalhes, minha heroína favorita encerra o assunto, me dando esperança de que tudo ia acabar bem; ou melhor, de que nada vai acabar!

Acompanho algumas posições de ioga de um vídeo que achei no YouTube. Também faço alguns exercícios de respiração e tomo litros de suco de maracujá há dias, que me fazem ir ao banheiro a cada dez minutos. Não sou a única que está uma pilha de nervos na semana da primeira prova que irá definir meu futuro, embora minha mãe teime em dizer que é só mais uma avaliação e que eu não deveria me cobrar tanto. Até os professores da escola estão mais legais nesta semana, fazendo aulas motivacionais e descontraídas, visto que o aprendizado é cumulativo e agora já não adianta morrer de estudar ou tentar decorar fórmulas.

— Fiz o melhor que pude durante o ano, agora é confiar em mim — digo aos meus cachorros antes de tomar banho para sair.

Samuel e eu marcamos de tomar um sorvete num lugar delicioso perto daqui. A sorveteria é artesanal e fica numa pracinha bem arborizada, ideal no calor desta época do ano. Quando chego, ele está sentado na mesinha do lugar onde marcamos. Lindo, como sempre, mas com o semblante cansado.

— Também estressado? — pergunto assim que o abraço.

— Ah, já larguei pra lá. Vou meter o louco e ficar só no videogame esses dias.

— Eu vou dar uma última lida num resumo e depois ficar na Netflix. Mas me conta, e as novidades?

— Nenhuma. E você? Namorando ou saindo com alguém?

Engasgo. Ele nunca foi tão direto assim. Por que o interesse repentino na minha vida amorosa?

— Nada. E você? — Minha barriga gela ao pensar no risco que corro ao ouvir o que não quero.

— Com que tempo? Esse terceiro ano parece que foi feito para sugar sua vida e não te deixar fazer mais nada. Além do mais, não apareceu ninguém legal.

— É... Digo o mesmo.

— E aí? Vamos lá escolher? — Com a mesma naturalidade que inseriu o assunto, Samuel muda o rumo da conversa, gelando tudo com o sorvete.

Mas nem tudo é frio, afinal nossa relação tem um gosto bom, um sabor único que não se encontra por aí. Passamos a tarde juntos conversando na pracinha, onde eu conto a situação da ONG, que ele também jamais imaginaria, e ouço algumas coisas sobre sua casa e amigos. Quando chega a hora de irmos embora, nos despedimos com um abraço apertado e nos desejamos boa sorte no ENEM. Eu, no fundo do meu coração, já me sinto sortuda por ter uma companhia como a dele. Para uma pessoa tímida e com problemas de insegurança como eu, estabelecer vínculos é um tanto complicado. Ter encontrado uma pessoa como Samuel, ainda criança, foi um verdadeiro presente, daqueles que a gente ganha sem pedir.

  Volto caminhando até minha casa e aproveito para ouvir algumas músicas até chegar em casa. No visor, estão algumas mensagens.

< Agnes >
Lembra daqueles imbecis que você brigou por
causa do Glacê? Fui lá conversar com o dono
da oficina para ter informação da Associação
de Moradores. Ele me passou o contato do
presidente, que me falou agora que há planos de o
terreno da ONG ser vendido para uma
construtora fazer um condomínio. A questão é
que há uma convenção de se construir prédios
apenas de até três andares
na região, que é tradicionalmente de casas.
A ideia da construtora é um arranha-céu chique,
onde Carlos teria um apartamento.

< Aline >
E como isso foi recebido pela Associação?

< Agnes >
Muitos gostam da ONG, mas ele prometeu um projeto de iluminação para a rua e um prédio desses valoriza os demais imóveis. Infelizmente, a construtora está investindo pesado, sabe que vai faturar. E contra o dinheiro, parece não haver muito argumento, né?

< Poli >
Cara, que tristeza isso. Pior que ele será apoiado por quem não gosta de a Mosqueteiros ser ali, por ser uma casa velha, que entra e sai gente de toda condição, pelo barulho dos animais... Ou partimos para algo drástico ou perdemos nosso lugar.

Fecho o celular sem saber o que responder. Há coisas demais na minha cabeça, começando pelo foco que preciso manter para a prova. Talvez eu deva me afastar até a prova passar e deixar que as meninas cuidem disso. Afinal, o que pode mudar em alguns dias? Nada, né?

— Desligadas, Dani. Nós fomos desligadas da ONG. Não somos mais mosqueteiras.

Tudo que espero é que essas frases ditas pela boca de Agnes tenham saído de algum pesadelo do qual irei acordar em breve. Contudo, as lágrimas que esquentam meu rosto comprovam que não é um sonho. Infelizmente, minhas amigas estão na chácara onde moro, me dando essa triste e surpreendente notícia.

No meio da tarde, enquanto descansava de uma leitura, vi pela janela o velho Monza vinho de Agnes surgir no portão. Pensei, sim, que fosse algum assunto urgente, mas não esperava que fosse algo tão drástico.

— Nem nossos coletes temos mais... — Aline falou.
— Além da dor de sermos desligadas do lugar no qual trabalhamos com tanta dedicação, fica o desespero pelo estágio final do curso. Sem o comprovante das horas, teremos que repetir o último semestre para cumprir esses créditos em algum outro lugar.

— Cara, não acredito que aquele sujeito ferrou nossa vida desse jeito! Nem que os outros mosqueteiros deixarão aquele egoísta fazer o que bem entender. — Poli entra no assunto segurando o tom voz embargado. — Vamos conversar com a reitora, talvez as horas que temos já sejam suficientes ou teremos mesmo que concluir o estágio em outra clínica. Ah, estou misturando os assuntos porque nem sei o que pensar!

Suas lágrimas caem e as nossas também. No fundo, as pessoas criam cascas, e se escondem, para defenderem sua enorme sensibilidade. E eu sei o quão Poli é doce, amorosa e boa amiga.

Pensar que dias atrás eu jurava que nada mudaria até a segunda prova do ENEM, que será daqui a dois dias. Nesse meio tempo, a direção da Mosqueteiros impôs algumas condutas que revoltou as meninas, como cobrança de taxa do estacionamento para os voluntários, diminuição das vagas do canil e extinção de todos os atendimentos gratuitos que beneficiavam a população carente da cidade, que não tem condição de manter um tratamento contra leishmaniose, por exemplo.

Para que manter uma ONG se ela não prestará mais serviços para a comunidade? Abra uma empresa de uma vez! As três chegaram ao limite e bradaram contra isso e outras arbitrariedades na reunião em que as resoluções foram avisadas. Dias depois, elas estavam desligadas da ONG por falta de sintonia com a visão da direção.

— Acabou, meninas, não sei mais o que fazer — Agnes lamenta.

— Não sabemos o que fazer agora. Mas amanhã será outro dia. Sei que nada do que eu disser poderá mudar o dia de hoje, mas acho que se ficarmos juntas nesta tarde, tomando um caldinho de cana, podemos nos sentir melhor. Vamos entrar? — convido.

Aos poucos, limpamos as lágrimas do rosto, mudamos as palavras de tristeza pelas de esperança e seguimos adiante — nem que seja apenas para aproveitar um simples momento de consolo entre amigas.

O relógio marca mais de meia-noite e não sinto nem um pingo de sono, estou elétrica. É cruel demais o sonho ter terminado assim, de uma hora para outra.

Rolo na cama de um lado para o outro buscando uma solução. Aí lembro que tenho que estar de pé às seis da manhã, pois tenho aula às sete e uma prova no domingo. Porém, não consigo deixar de lado a injustiça que minhas amigas sofreram. Sem falar que, com o afastamento delas, também não terei acesso à ONG, visto que não participei da seleção.

Penso no Glacê, que agora tem um lar. Penso nos outros bichos, que estão abrigados na Mosqueteiros, e nas dezenas de famílias que terão que desembolsar o que não têm para tratar seus animais.

Então, pulo da cama e acendo a luz do quarto. Já que estou com insônia, o melhor é fazer algo produtivo. Ligo o computador e pesquiso sobre a vida do senhor Luís, o empresário que fundou a ONG e que tem uma rede de postos de gasolina na cidade. Vasculho algumas reportagens antigas e encontro a matéria de uma revista em que ele foi capa. Além da história do empreendedor de sucesso que deu duro na vida, salta aos meus olhos uma informação que parece ser útil. Todos os sábados, religiosamente, ele encontra os amigos em um galpão de carros antigos.

— Hum, talvez isso seja absurdamente arriscado... — penso alto.

Mas o que é uma gota para quem já está encharcado? As ideias me vêm com rapidez e tento digitá-las na mesma velocidade. Será, literalmente, minha última cartada.

Acordar cedo também no sábado, quando eu podia estar descansando, parece um sacrifício além da conta. Contudo, quando penso na possibilidade de as meninas repetirem o semestre pela falta do crédito, logo o "uma por todas e todas por uma" ganha força dentro de mim. Sou munida de uma coragem que nem sabia que tinha.

Chego ao galpão indicado na reportagem e pergunto ao rapaz que está na porta pelo senhor Luís. Para minha alegria, o sujeito diz que ele logo deve aparecer. Peço, então, para esperar do lado de dentro. Por vezes, chego a pensar que talvez hoje, apenas hoje, o senhor Luís não venha ao encontro de seus amigos. Mas logo reflito e sei que não é essa a melhor saída, e sim meu desejo de permanecer na minha zona de conforto. Permaneço, então, em silêncio e de olhos fechados, repetindo mantras dentro da minha cabeça para me convencer de que sou capaz e de que estou preparada para agir pelas causas em que acredito.

— Pois não, menina. Soube que me procurava — um tom manso em uma voz cansada se dirige a mim.

Abro meus olhos e dou de cara com o senhor das fotos. Não começamos do jeito que eu queria. Aliás, eu adoraria ter começado de uma forma imponente, caminhando a passos firmes feito a Beyoncé no começo do vídeo da música *Crazy in love*, e o abordando com um tom de voz seguro. Porém, estou feito boba sentada de olhos fechados e falando sozinha.

— Bom dia, senhor Luís! Meu nome é Daniela. O senhor tem alguns minutos?

— Como posso ajudá-la? — ele me responde de forma polida e com aquele jeito de um avô que se importa com os netos. Será que posso confiar nele?

— Eu sou voluntária na sua ONG há alguns meses, gostaria de falar sobre ela.

— A Mosqueteiros está a cargo do meu filho. Não estou com idade para tantas coisas, tive que delegar as responsabilidades.

— Pois delegou errado! Carlos não tem feito boas escolhas, não entende a causa e parece até que tem boicotado a Mosqueteiros. Por isso vim falar com o senhor...

— Menina, é meu horário de lazer e Carlos é meu filho. Acredito que seja melhor voltar para sua casa — ele me diz, se distanciando.

— Sei que parece abuso falar assim do seu filho, mas minha mãe é uma grande veterinária e me ensinou a amar qualquer tipo de vida. Ela me disse que uma pessoa que valoriza um animal certamente tem valores humanos importantes. Estou aqui acreditando nisso, que o senhor, que fundou a ONG que me inspira desde nova, vai compreender a importância do que vim dizer.

Ele se mantém calado, como se quisesse ouvir, mas ao mesmo tempo temesse escutar algumas verdades. Prevendo que isso pudesse acontecer, ou que minha timidez atacasse, eu escrevi uma carta repleta de informações e a trouxe impressa. Abro a bolsa e entrego um envelope a ele.

— Gostaria muito que desse crédito a uma menina que acordou muito cedo e cruzou a cidade para estar aqui apenas porque se importa com a Mosqueteiros, lugar onde sempre sonhou trabalhar como veterinária. Obrigada por me receber, senhor Luís.

Ele recebe o envelope, dou as costas e sigo adiante com a sensação de dever cumprido. Na carta, conto absolutamente tudo, desde quem sou até os acontecimentos mais recentes, sem poupar nomes e datas. O que tenho a perder? Pelo menos minha consciência está tranquila de que fiz o que pude. No mais, tentarei ajudar minhas amigas com outro estágio, caso a reitoria aceite, na clínica da mamãe, e cuidarei dos bichos da nossa chácara, como sempre fiz. Dói agora, mas a vida deve seguir.

Tiro o fone do bolso e coloco uma playlist daquelas. Nada de música para baixo. Amanhã preciso arrasar numa prova e vou me preparar desde agora.

Tenho passado tardes inteiras sozinha na chácara. Nunca mais voltei à Mosqueteiros, claro. Bastaria pôr os pés lá para ser oficialmente desligada. Pelo menos, tenho o colete de recordação; as meninas, depois de anos trabalhando na ONG, tiveram que devolver os seus. Tenho me dedicado às atividades da escola e a cuidar da nossa casa e dos animais. A fim de não morrer de ansiedade com o resultado do ENEM, tenho feito vários pratos diferentes aqui em casa. Ontem fiz nhoque com molho de pesto de brócolis, ficou delicioso. Hoje farei uma broa de milho para quando mamãe voltar do trabalho.

Tenho evitado puxar assunto com as meninas. Acho que elas já têm problemas demais e devem estar muito chateadas com tudo. No entanto, não nego que tenho pensado bastante nelas. Sinto falta das minhas heroínas, das mulheres que me inspiram, das pessoas que eu quero ser quando crescer.

Então, pego o celular para mandar uma mensagem a elas quando vejo no visor uma ligação perdida da ONG. Tremo. Retorno, e, para minha surpresa, não é Micaela. É uma outra moça, chamada Beatriz, perguntando se posso ir lá amanhã. Tento sondar do que se tratava, mas ela é evasiva e prática, transmitindo apenas o recado.

Bem, tudo sempre chega ao fim. Talvez seja a hora de me desapegar do colete e de ser oficialmente desligada. Ou pior: será que vão me perguntar da carta? Ai, será que precisarei de um advogado? Mas não falei mentira alguma! Só me falta ter que passar por uma acareação com aquele Carlos. Não aceitarei isso!

Uma broa de milho será pouco para o gatilho de ansiedade que foi disparado. Pelo visto, hoje teremos um banquete em casa. Farei qualquer coisa para ocupar minha cabeça até que chegue amanhã.

⁂

Cá estou eu, de volta ao antigo lugar dos meus sonhos, no muro verde onde imaginei que seria feliz. Na recepção, conheço a Beatriz e nem me atrevo a perguntar por Micaela.

— Pode entrar, Daniela. Ainda tem o colete e o crachá?

Ihh... Se eu disser que sim, vão me tomar. Mas não posso ser tão apegada a isso, meu Deus, preciso superar e virar a página!

— Sim, eu tenho. — Abro a mochila e me visto como mosqueteira pela última vez.

— Estão te esperando na clínica.

— Na clínica? — Não escondo minha expressão de espanto, mas sigo adiante.

Tal como Daniela na cova dos leões, chego à sala de vidro, a mesma onde Agnes me levou para avaliar o Glacê e...

— Agnes? Meu Deus, o que você faz aqui? Poli? Ah, Aline! Vocês todas!

Sem o menor constrangimento, nos abraçamos e rodamos como formandos depois do brinde no baile de formatura.

— Cara, o que está acontecendo? Achei que tivessem me chamado aqui para tomar meu colete e me mandar embora!

— Minha filha, seu colete tem que vir com insígnias! O que você fez, mosqueteiro nenhum conseguiu fazer... Que coragem! — Agnes me diz. — Ir atrás do senhor Luís e contar tudo!

— E que doideira também! Imagina se o velho fosse do mal... A gente tava era lascada de vez! Mas deu tudo certo e recuperamos nosso estágio! — Poli diz.

— Calma — digo. — Contem tudo o que aconteceu!

— O senhor Luís foi atrás de vários mosqueteiros, inclusive os mais antigos, que já haviam saído, para saber se era verdade. Eles confirmaram o comportamento do Carlos e a derrocada da ONG. Até que ele nos ligou. E falamos tudo — Aline diz. — Agora, Carlos foi afastado e a Mosqueteiros vai ter uma administração terceirizada, longe da família. Vão fazer uma assembleia para votar em uma diretoria. Tudo vai mudar, esperamos. Os processos agora serão democráticos.

— E sem golpe! — Poli comenta.

— Eu nunca imaginaria uma reviravolta dessas! Então, o terreno será nosso? E eu continuo dentro?

— Você acha que a gente ia abrir mão de nossa *baby musketeer*? Jamais! E os antigos da casa estão loucos para conhecê-la, você fez história, d'Artagnan! — Agnes me abraça. — Sua mãe ficará muito orgulhosa ao saber. E seu pai também, onde ele estiver.

Meus olhos ardem, tentando segurar a emoção do momento.

— Tenho uma ideia — digo. — Fiz um monte de comida para não me estressar ontem, nem com a ligação daqui nem com as conjecturas do ENEM. Vamos comemorar lá em casa?

— O Monza Alado aguenta? — Poli brinca.

— Meu Monza sempre aguenta — Agnes responde. — E, se der ruim, tem três mosqueteiras para empurrar. Acha que o "uma por todas e todas por uma" é seletivo?

— Se tem uma coisa que a convivência com vocês me ensinou, é isso: ser amiga de uma mulher é apoiar em todas as situações, não só quando é fácil ou quando convém — disse Poli. — É romper com o mito de competição feminina, é acabar com as inseguranças e com os estereótipos... Eu aprendi a escutar e a valorizar a fala da outra, ainda que, às vezes, seja uma fala diferente da minha; a voz de toda mulher deve ser respeitada. Sororidade é isso, né? É a gente se reconhecer uma na outra.

Tive a sorte de ter mulheres que vieram antes de mim para abrir meus caminhos e, sobretudo, abrir minha mente. O que Poli disse dias atrás, na clínica, me impactou de uma forma que eu não imaginava. Seria fácil ser amiga das mulheres de quem eu gosto. Mas talvez a grande lição nisso tudo seja ser a mão amiga de uma mulher que, certamente, não sabe o que é uma amizade de verdade.

Pensando nisso, mandei uma mensagem para Micaela, que retornou apenas no final do dia. Mando, então, um áudio em resposta, dizendo que lamentava a perda do emprego, embora eu preferisse as coisas corretas, e que havia me chateado bastante com a adulteração do arquivo. Contudo, eu estava mandando a relação das rádios, das agências e dos digitais influencers com quem eu tinha feito contato em função da feira, desejando que ela conseguisse logo um emprego, quem sabe, na área. Deixei o celular na mesa e fui cuidar das minhas coisas em casa. Mais tarde, me surpreendi com a mensagem que me aguardava.

< Micaela >
Agradeço os contatos, Daniela. Estou mesmo em busca de outro emprego, não sei como pagarei a faculdade no próximo semestre. Seria um sonho conseguir algo na área e ainda com boa remuneração, quem sabe? De qualquer forma, espero não errar nesse próximo emprego como errei na Mosqueteiros. Não sei se posso pedir desculpas pelo que já está feito, mas posso pensar em acertar daqui para frente. Obrigada por não mandar uma mensagem cheia de ódio. Boa sorte nos seus sonhos, acho que será uma veterinária incrível.

< Micaela >
Ah, você é uma legítima mosqueteira. Bem mais do que muitos outros que conheci. E sua amizade com as meninas, mesmo em tão pouco tempo, era muito legal de ser ver. Abraços.

Respondi, agradecendo os votos e também desejando boa-sorte. Acho que não temos mais nada a dizer. Não preciso demonizá-la nem me santificar pelo que aconteceu. A vida é assim: cada uma faz o que dá conta em determinado momento da vida, conforme a sua consciência. As ações de Micaela pareceram adequadas para ela naquele momento, como as minhas me parecem boas agora. Vamos todos aprendendo na dança da vida.

Nos meus erros, espero encontrar pessoas que me ajudem a refletir, e não que sejam carrascas.

Volto para meus cachorros, lembrando do que Micaela me disse sobre ser uma legítima mosqueteira. Isso não tem a ver com o cuidado que tenho com os bichos, mas com honra. Tem a ver com ser cada vez mais a pessoa que sonho ser, em desenvolver as qualidades que admiro, em manter minha palavra, em me colocar no lugar das outras pessoas e valorizar a vida em todas as suas formas.

Quer saber? Sou mesmo uma mosqueteira, mesmo sem diploma. E sempre que eu vestir aquele colete, vou me lembrar disso: sou digna de carregá-lo.

-5-

Pelo menos o Ensino Médio eu concluí. Ainda não saiu o resultado do ENEM, e não sei o que farei no próximo ano, mas tenho um baile de formatura para ir. Como não aderi à festa desde o começo do ano, por ser um pouco avessa a festejos e não me sentir muito parte da turma, optei por comprar um convite e ir à festa com meus colegas de sala. Minha mãe deixou que eu comprasse um vestido daqueles, com muito brilho e com um enorme decote nas costas, e ainda fazer cabelo e maquiagem no salão. Estou com um coque preso um pouco mais à direita do rosto e até cílios postiços. Estou gata, bem gata.

Como se não bastasse, minha mãe quis ser ainda mais legal e deu um convite da festa ao Samuel. Primeiro porque ele já estudou na minha escola e conhece a galera; segundo porque ele ama festa, é sociável e, infelizmente, não pode participar da festa de sua turma por questões financeiras da sua família. Depois, dizem, as mães sabem quando os olhos dos filhos brilham. Nunca comentei abertamente com ela sobre o que eu sentia, mas, claro, ela sabe que eu tenho sentimentos além da amizade por ele.

Assisto um pouco de televisão, imóvel e me segurando para não ir me exibir aos cachorros, que pulariam em mim estragando o vestido, enquanto espero Samuel chegar. A mãe dele virá para a minha casa e daqui pediremos um carro para o baile.

Eles chegam e deixo que minha mãe os receba. Quero reparar na expressão do Samuel quando ele olhar para mim, agora que estou linda como todas as outras garotas ficam no Instagram.

— E aí, Dani? Pronta pra hoje? — Ele me dá um beijo no rosto e um abraço.

— Prontíssima — digo, esperando um elogio.

— Então, bora! Já chamei o carro.

Na-da! Nenhum elogio eu ganhei dele! Não é possível! Ele me viu a vida inteira como uma menina, com roupas trapinho, com cara lavada, descabelada e agora que estou absurdamente linda, ele não comenta nada?

Sorrio sem mostrar os dentes e acho que é assim que pretendo ficar boa parte da noite: com a boca fechada.

A festa está incrível! A banda é ótima, o bufê é maravilhoso e a turma está pra lá de animada. Nessas horas, até me convenço de que vale a pena socializar e sair um pouco do meu mundinho, embora eu saiba que só tenho pique para essas badalações uma ou duas vezes por ano, já que amo ficar com quem eu realmente tenho intimidade.

Samuel já abraçou meio salão. Ele sempre volta, me chama para dançar, comenta alguma coisa, e eu me limito a responder "aham". Eu sei, é a coisa mais imatura a se fazer, mas é tudo que dou conta.

— Tá tudo bem, Dani? Você parece desanimada...

— "Eu tô linda, livre, leve e solta, doida pra beijar boca..." — A música de Anitta e Pabllo Vittar me deixa com uma resposta na ponta da língua.

— Linda sempre foi, né? Hoje está linda de um jeito diferente... — ele diz.

— Mesmo? Acha realmente isso?

— Desde sempre. Achei que fosse meio óbvio.

— Claro que não! Se não me disser, nunca vou saber! Não sou adivinha!

— Eu também não, Dani... Eu também não sou adivinho.

É como se não existisse ninguém ao nosso redor e como se não houvesse mais som algum além da nossa voz. Seus dois grandes olhos pretos estão fixos em mim, como se revelassem o que ele deixou oculto nesse tempo. Será que os meus também contam a ele o que deixei em segredo?

— Vou começar com uma verdade, então. Estava emburrada porque estou toda arrumada e você não fez um elogio sequer! Achei que hoje você diria que estou linda.

— Mas você é linda! Por fora e ainda mais por dentro. Todo dia, toda hora, sempre que a vejo. Olha as coisas que você faz, as coisas que você diz, a pessoa que é... Todo mundo se esforça para ficar bonito, mas você já é, Daniela!

— Você nunca... — sinto cada pelo do meu corpo se retorcer — me disse nada assim. — Respiro fundo. Não há palavra que se encaixe aqui, nenhuma vai ficar à altura do que sinto neste momento. Então, só me resta agir. Aproximo meu corpo do dele, o puxo para perto de mim sem pensar em absolutamente nada e me entrego como sempre quis. Finalmente, meu sentimento é recompensado encontrando os lábios de Samuel, que aceitam os meus e me retribuem com o melhor dos beijos.

E é o primeiro de vários. A noite está só começando.

É a primeira vez na minha vida que estou ficando com alguém que gosto de verdade. Todas as outras vezes, foram ocasiões pontuais, sem muito envolvimento e continuidade. E, desta vez, estou com o meu melhor amigo, o cara por quem sempre fui apaixonada. A gente não se vê sempre, mas nos falamos todos os dias, como sempre foi. Temos muito cuidado de manter a nossa amizade e de cuidar um do sentimento do outro. Apenas minha mãe e as mosqueteiras sabem com detalhes, e estão todas na torcida, claro. Ah, além da Bandida e da Farofa, minhas cadelas, de quem não consigo esconder nada. Para os outros cachorros e gatos, deixarei para contar quando estiver mesmo namorando.

Hoje é um dia atípico. Está prevista a divulgação do resultado do ENEM e estamos todos ensandecidos: só se comenta disso nos grupos da escola. O assunto entre Samuel e eu, claro, também é esse.

Até que, finalmente, o site atualiza e lá está, a página para acessarmos o resultado. Chego a sentir as minhas mãos tremerem e minha barriga gelar mais do que um iglu, mas seja o que for, tenho que encarar a verdade. Clico daqui e dali e...

— Não acredito! Meu Deus! Entrei!

Pego o celular e ligo para minha mãe.

— Mãe! Mãe! Saiu a nota! Dá para passar na federal daqui em Veterinária, mãe! Eu entrei!

Pulo como criança, corro até o quintal e grito chamando os cachorros. Rolo no chão com eles, recebo lambidas em todo o rosto e logo estou cheia de pelo. Para melhorar, ainda abro a mangueira e molho a mim mesma e aos cães, que parecem estar numa colônia de férias de tão eufóricos.

É o meu dia! O meu dia! E nada vai tirar a minha alegria!

Cansada de tanto pular, entro em casa para tomar um banho e dar a notícia aos amigos. É o meu dia. Contudo, não parece ser o *nosso* dia. Samuel acaba de me dizer que foi aprovado numa ótima universidade. Em outra cidade.

"São apenas quatro horas de viagem."

"Se for amor de verdade, vocês vão aguentar."

"Ah, terão tantas novidades, a vida vai mudar tanto, que naturalmente isso vai acabar."

"Vocês vão acabar conhecendo outras pessoas."

"Alguém terá que abrir mão para o namoro dar certo."

"A internet tá aí para isso, dá pra namorar a distância."

"Pode ser que vocês se reencontrem no futuro."

"Que azar, logo agora que vocês ficaram juntos."

São apenas alguns dos comentários que fizeram a nosso respeito, já que ficamos pela primeira vez no baile, diante de toda a turma. Quando contei que havia sido aprovada, foi inevitável perguntarem de Samuel. E eu, destemperada que só, acabei contando que ele também, mas que em outra cidade. Parece que todo mundo, mesmo não sendo tão próximo, tem um conselho para dar.

Fato é que apenas a gente sabe o que é bom e ruim para nós mesmos. Estamos bem tristes e ao mesmo tempo felizes pela realização dos nossos sonhos. Penso no quanto desejei entrar na faculdade. Seria justo Samuel me pedir para mudar ou desistir? Jamais! Eu não acredito em amor assim! Não posso nem sonhar em pedir o mesmo para ele. Gosto tanto dele que quero que ele seja feliz vivendo o que sonhou, mesmo que eu corra o risco de ficar longe e de me ver morrer na vida dele.

— Como ficamos até sua mudança? — pergunto enquanto moemos a cana aqui na chácara.

— Ficamos juntos. Que tal? — Samuel me responde me dando um beijo na bochecha.

— Não consigo pensar em nada melhor. Sem alopriar, sem pensar nos medos, no que pode dar errado, sem cobrar...

— Sabe? É o mais perto do amor que já cheguei. Gostar de estar perto e respeitar o estar longe. Nunca vivi isso, Dani, e acho que só estou vivendo isso porque é com você.

— Você é o meu melhor amigo. O meu melhor amor-amigo.

Ele coloca a mão na minha nuca e me puxa para um beijo. E eu estou convencida: o melhor lugar do mundo é o agora.

— Eu vou tirar uma foto disso! — Minha mãe quase não se controla de tanto rir da Bandida com a calcinha modeladora da Poli na boca.

— Se essa cachorra pegar o modelador de seio, eu vou ficar doida, juro. Não vou usar sutiã com esse vestido e não posso pagar peitinho na festa, é mais seguro usar um adesivo.

— Já deixei o sutiã de silicone no alto. E já tomei a calcinha da bandida, pronto! Vou lavar e logo estará no jeito — digo.

É a noite do baile de formatura das minhas amigas mosqueteiras veterinárias, para o qual fui convidada pelas três. Elas combinaram de se arrumar aqui; contrataram uma maquiadora, se vestiram com umas roupas bem legais e fizeram várias fotos no Monza Alado e em outros lugares da chácara. Agora que a noite cai, vão colocar a roupa de gala e seguir para a festa, que promete.

Como elas podem beber, Agnes vai deixar o carro aqui. Voltaremos noutro transporte, dormiremos, e depois a vida seguirá para Agnes, ou melhor, para nós todas, a bordo do fiel carango.

— Quem diria que eu iria ao baile das minhas veteranas?

— E nem estaremos mais na faculdade para tirar onda com nossa caloura... — Aline diz.

— Mas continuará sendo nossa *baby musketeer* — Agnes diz. — Ainda que tenha peitado o fundador da ONG, será sempre nossa *baby*.

— Vamos, gente? Quero tirar fotos no salão decorado sem estar muito cheio — Poli anuncia. — Mentira, eu quero mesmo é comer logo aquelas comidas gostosas.

— A foto, gente! Vamos tirar uma foto nossa antes!

Chamo minha mãe e entrego o celular a ela; ficamos as quatro abraçadas numa pose na sala.

— Sorriam! — minha mãe diz. — Vou tirar várias, aí vocês terão opções.

Fazemos diversas poses e, depois de alguns cliques, mamãe diz que ficamos lindas.

Pronto! Hora de seguir o baile. Hora de seguir a vida. O que vai acontecer? Não faço ideia! Pode ser que eu deteste a faculdade. Pode ser que eu me torne uma veterinária famosa. Talvez eu me case com Samuel ou talvez me apaixone por outra pessoa. Não imagino o amanhã, e antes que isso me assombre, lembro que não estou sozinha. E, no fim das contas, é isso que uma mulher que está crescendo quer ter certeza, de que ela terá a companhia e o incentivo de outras. Tornar-me uma mulher não tem nada a ver com as convenções que escutei até aqui: estar em um relacionamento com um homem, estar bonita e no peso ideal, estar bem vestida, ter apenas algumas amigas e várias inimigas invejosas, como se isso fosse indicador de felicidade. Ainda estou descobrindo a mulher que quero me tornar, mas me sinto confortável por saber que vou, mas não sozinha.

Sempre vai ser uma por todas e todas por uma!

Formandos da Távola Redonda

Pam Gonçalves

8

Semanas para a formatura

Marina não escolheu assumir a liderança da comissão de formatura do terceiro ano da Escola de Ensino Médio Professor José Carlos Ramos. Ela simplesmente foi jogada aos lobos faltando dois meses para o evento, com um vestibular e uma prova do ENEM no caminho.

— Eu sei que você não estava esperando essa responsabilidade e estou realmente me sentindo culpada de jogar isso no seu colo — argumentou a diretora Sônia com certo desespero —, mas simplesmente não sei mais a quem recorrer depois do sumiço do dinheiro.

Em uma escola pública, ninguém tinha dinheiro sobrando para sustentar uma formatura com muita pompa; por isso a decisão das contas pagas desde o início das aulas foi a saída encontrada para os alunos conseguirem organizar o evento. O que ninguém poderia imaginar é que o dinheiro sumiria depois de um assalto à escola na semana anterior. Foi um caos. Os formandos indignados com a possibilidade do dia mais esperado do ano não acontecer, e os pais desesperados por perderem uma quantia que haviam se dedicado tanto para pagar.

— Estão querendo me comer viva — desabafou a diretora. — Tenho medo de não termos formatura este ano.

A garota arregalou os olhos com a possibilidade do cancelamento. Não queria assumir uma função tão difícil, mas também não queria ficar sem formatura. O terceirão 2018 seria conhecido como o desastre, a vergonha, o renegado, ou pior: o esquecido. O que os outros colégios diriam? A rivalidade entre os três grandes colégios públicos de Ensino Médio de Tubarão era histórica! Se não houvesse formatura, já teriam admitido a derrota sem nem competir!

— Acho que posso tentar — murmurou Marina, em meio aos seus devaneios.

— Como disse, querida? — perguntou a diretora com olhar esperançoso.

— Eu posso tentar — repetiu a garota com mais confiança. — Acho que posso ter algumas ideias.

Claro que era mentira. Marina não tinha pensado em nada além das consequências de a formatura não acontecer.

— Você é minha heroína!

A diretora bateu palmas como uma adolescente, mas percebeu a comemoração exagerada quando viu o olhar de surpresa de Marina. O alívio dela era óbvio e isso só deixou a garota ainda mais preocupada. *No que eu acabei de me meter?*

— Sobrou alguma coisa da antiga comissão de formatura? — perguntou Marina em tom sério e adulto, o mesmo que usava para negociar prazos com os professores.

Marina tinha uma fama. Foi por isso que Sônia havia chamado justo ela para assumir a responsabilidade. Era a típica aluna que conseguia se dar bem com todo mundo e ainda por cima tirar boas notas. A imagem de garota certinha tinha um motivo: sua mãe era uma das professoras do colégio e ela precisava "dar o exemplo", como ouvia desde o primeiro ano, quando se matriculou.

Sônia engoliu em seco e balançou a cabeça em negativa.

— Acho que podemos fazer uma reunião e pedir dois representantes de cada terceiro ano. São três turmas, acho que seis é o suficiente.

Não foi o suficiente para a comissão anterior, pensou Marina e mordeu a língua para que as palavras não voassem da boca. Seu olhar desviou-se para o relógio do lado direito da sala da diretora. Faltavam cinco minutos para o primeiro sinal bater e ela já estava esgotada.

— Vou pedir para que os professores da primeira aula de hoje incentivem cada turma a escolher seus representantes — continuou Sônia, mas seu tom era de quem não acreditava no sucesso disso. Sorriu para a Marina. — Obrigada de verdade. Se aqui fosse um colégio americano, com certeza escreveria muitas cartas de recomendação para você entrar na universidade.

Marina deixou escapar um gemido ao se lembrar do vestibular e do ENEM. Sua mãe com certeza não ficaria satisfeita quando soubesse que ela havia se metido na comissão de formatura, faltando tão pouco tempo para as provas.

— Bom... — A diretora se levantou, dando a deixa para que a garota fizesse o mesmo. — Se precisar de alguma coisa, é só me falar.

Duvido que adiante pedir era o que Marina queria dizer ao pendurar a mochila no ombro direito, mas apenas respondeu:

— É claro, obrigada!

A diretora Sônia assentiu, sorrindo, e encerrou a conversa, visivelmente mais aliviada.

O primeiro sinal soou alto logo acima da porta da sala da diretora, o que atordoou Marina um pouco. O dia nem tinha começado direito e ela já estava se sentindo enjoada. *O que diabos vou fazer para arrumar essa bagunça da formatura?*

Os outros alunos desviavam rapidamente do seu caminho enquanto ela andava pelo corredor em direção à sala. Os formandos eram as estrelas: mesmo um completo desconhecido ainda estaria acima na hierarquia. Marina não era desconhecida. Ela era a aluna mais popular daquele colégio. Não por escolha própria, é claro. Isso muitas vezes a sufocava.

— Onde você estava, Artiaga?

Marina levou um susto com a pergunta repentina apesar de ter reconhecido aquela voz. Ser chamada pelo sobrenome não era mais surpresa. Somente na sua sala havia outras três Marinas, portanto todas eram chamadas pelo último nome a fim de serem identificadas.

— Que susto, Guilherme! — ela repreendeu o rapaz mais alto do que deveria, o que fez alguns olhares se virarem para o casal no meio do corredor.

Ele a encarava de um jeito brincalhão. A covinha do lado esquerdo da boca completava o charme do garoto alto e esguio a sua frente. Guilherme era seu namorado. Na-mo-ra-do. Pois é... Marina nem lembrava muito bem como tinha acontecido. Mas, desde o começo do segundo ano, tinha um namorado. E um bem gato por sinal; pelo menos era o que todo mundo dizia.

— Desculpa, amor — disse ele depois de dar um beijo rápido na sua bochecha. Afinal, estavam no colégio e a mãe dela era uma das professoras. — É que liguei várias vezes para saber se eu devia passar na sua casa antes de vir, mas você não deu sinal de vida!

Certo. Era quinta-feira. Toda quinta ela caminhava com ele até o colégio, já que a mãe só começava a trabalhar no segundo horário. Marina segurou com um pouco mais de força a alça da mochila, denunciando o desconforto. Já namoravam há bastante tempo, mas ela nunca ficava muito à vontade com demonstrações de afeto.

— Ah, o celular tá no silencioso — respondeu. — Eu estava na sala da diretora até agora.

— Uh, a santinha teve problemas? — zombou ele.

Marina percebeu o tom propositalmente afiado, pois o "santinha" não era apenas por ser filha da professora, mas também por não estar nem um pouco a fim de fazer sexo com ele. Ela já havia cogitado topar só para ele parar de encher o saco, mas acabava desistindo. Ignorando o comentário sem graça do namorado, a garota apenas revirou os olhos e suspirou.

— Agora eu tenho um de verdade.

Guilherme levantou uma sobrancelha, esperando por mais explicações.

— Vou ter que liderar a comissão de formatura e dar um jeito de conseguir dinheiro.

— CA-RA... — O tom de voz dele diminuiu, quando uma das inspetoras parou a alguns passos dos dois. — LHO! Boa sorte!

— Ah, certo. Valeu! — Marina respondeu irritada antes de sair andando para a sua sala, mas Guilherme a interrompeu, segurando-a pelo braço. A inspetora levantou uma das sobrancelhas, e indicou o relógio. O segundo sinal tocaria em menos de um minuto.

— Ei. — Ele segurou o rosto da garota com as duas mãos, inclinando-o um pouco para que ela o olhasse nos olhos. Seu sorriso divertido amenizava as coisas. — Você consegue. Você sempre consegue.

Ela assentiu.

— Eu consigo — falou, tentando se convencer.

Guilherme pegou uma de suas mãos e começou a puxar.

— Agora vamos logo pra sala, ou ela... — ele indicou a inspetora com a cabeça — vai me comer vivo!

Marina deu um risinho e se deixou ser levada pelo namorado. O toque era familiar e confortável, lembrando-a de seu lugar naquele colégio. Ela nunca havia tido outro namorado, então não tinha base para perceber se ao menos eles *pareciam* um casal que se amava. Na verdade, o que ela sentia não chegava nem perto disso.

Com tantos problemas na cabeça, a última coisa que ela queria era se preocupar com o namoro. Por isso, não pensou muito tempo no assunto. Na verdade, era bom ela ter algumas ideias para salvar a formatura logo. Ou os últimos três anos não valeriam nada.

Depois de algumas horas, Marina até que se conformou com a nova responsabilidade. Agora só precisava conhecer quem iria embarcar naquela também. Na sua turma foi mais fácil do que imaginara, Diana não demorou muito para se oferecer para ser a segunda representante. Não era de falar muito, mas Marina tinha certeza de que ela era responsável.

— Eu nem sei o que estou fazendo aqui — disse uma das garotas da turma 303, durante a primeira reunião da nova comissão de formatura. Ela era alta e magra, com duas tranças caindo pelos ombros.

Nem eu, Marina quis responder. Tinha quase certeza de que seguia aquela menina no Instagram, mas não lembrava seu nome.

— Sofia, você que levantou a mão! — outra garota com fones de ouvido pendurados no pescoço a repreendeu, revirando os olhos. Marina presumiu que era a segunda representante da 303.

Sofia se surpreendeu com a impaciência da amiga, mas fez um gesto com a mão dispensando o comentário.

— Eu só quero ter certeza de que a formatura não vai ser um fiasco — respondeu, direcionando um olhar desafiador para Marina.

Certo, vou ter que tomar cuidado com ela, pensou. O que fazia Marina ter uma boa relação com as pessoas sem ser sonsa nem gentil demais era sua capacidade de avaliar a situação e saber se adaptar. Sofia tinha chances de ser o elo fraco do grupo e poderia dar trabalho.

Marina conhecia uma das representantes da 301, seu nome era Poliana. Elas estudaram juntas em outra escola antes de entrarem na Ramos — era assim que todo mundo chamava o colégio, ninguém tinha paciência para falar o nome inteiro. Nunca foram grandes amigas, mas sempre se deram bem. Ela era bem alta e corpulenta, e a estrela do time de handebol. Marina não entendeu por que ela dividiria suas atenções com algo como a formatura, se estava fazendo de tudo para conseguir uma bolsa na universidade.

— Só veio você? — ela perguntou para Poliana.
— A Lud já deve...

Poliana parou de falar assim que uma garota abriu a porta da biblioteca. Seu rosto estava levemente ruborizado, a respiração, entrecortada, o que dava a entender que tinha corrido até ali.

— Desculpem o atraso. — Ludmila deixou a bolsa cair aos seus pés e sentou na única cadeira vazia ao redor da grande mesa redonda, que ficava bem no meio, entre as estantes de livros. Ninguém frequentava aquele lugar, exceto a bibliotecária, que havia saído para comer. — Precisei levar minha irmãzinha para casa antes da reunião. Não estava esperando nada do tipo hoje.

Marina assentiu. A reunião foi combinada às pressas mesmo, ela não queria perder tempo. Faltavam apenas oito semanas para a formatura e precisavam de dinheiro. *Apenas isso.*

— Só meninas então? — observou a líder, e as garotas se entreolharam como se só agora tivessem se dado conta disso.

— Homem é muito folgado mesmo — disse Poliana. — Sobrou pra gente dar um jeito nessa bagunça. Sexo frágil, hein?

Marina nunca pensou que Poliana teria senso de humor, mas ela fez todas rirem. O que foi ótimo para aliviar um pouco a tensão, criando um bom momento para começar a falar sobre o que interessava.

— Todas querem mesmo estar aqui? Preciso que todo mundo realmente colabore.

Marina fitou cada uma das garotas esperando por algum gesto de hesitação, mas só recebeu olhares determinados até olhar para a atrasada. Ela encarava Marina com um sorriso brincalhão, que nada tinha a ver com a conversa.

— É alguma piada? — perguntou Marina.

Uma expressão confusa cruzou o rosto de Ludmila por meio segundo, mas ela logo respondeu:

— Não, desculpa! É que às vezes eu viajo um pouco e começo a sorrir do nada.

Certo, uma maluca pro time, era tudo que eu precisava.

Marina pegou um dos seus cadernos, abriu na página em que havia listado algumas ideias e depois cruzou as mãos a sua frente.

— Eu conheço a Poliana e a Diana — ela indicou com a cabeça as duas garotas que estavam sentadas lado a lado. — Mas não sei o nome de vocês três. Seria ótimo se cada uma de nós se apresentasse, o que acham?

Algumas cabeças se movimentaram de forma quase imperceptível, mas Marina interpretou como um sim.

— Bom, sou Marina Artiaga da turma 301, mas podem me chamar de Artiaga. É assim que todos me chamam por aqui. — Ela deu de ombros e olhou para a garota a sua esquerda.

— Meu nome é Flávia Machado e sou da turma 303. — A menina de pele escura e longos cabelos pretos e lisos deu um leve aceno para ilustrar a apresentação.

— Sofia Castro, também da 303 — disse a garota de tranças, encarando as unhas.

Ao seu lado estava a garota atrasada, ainda com um olhar brilhante, como se o mundo todo a impressionasse. Marina tinha achado que o rubor era por causa da pressa, mas a menina ainda tinha as maçãs do rosto levemente rosadas quando se apresentou.

— Ludmila Lancellotti — disse, e revirou os olhos depois de ver algumas sobrancelhas levantadas. — Sim, sim... igual o sobrenome da atriz. Mas não somos parentes.

— Que pena — comentou Sofia com um biquinho.

— Sou da turma 302 — completou Ludmila, ignorando o comentário.

Marina assentiu e desviou o olhar para a segunda representante da turma 302, ao lado de Ludmila.

— Meu nome é Poliana Goulart. Sou da mesma sala da Lud — apresentou-se rapidamente e olhou para a garota à esquerda.

Diana limpou a garganta e corrigiu sua postura na cadeira. Seus cabelos caíam em cachos pelos ombros e ela desviou uma mecha que caiu no rosto para trás da orelha.

— Diana Flores. Sou da sala da Artiaga.

Marina quase riu com a entonação que Diana havia usado para falar que eram da mesma sala, como se desse algum status ou coisa do tipo. Mordeu os lábios para não deixar o sorriso escapar e seu olhar acabou recaindo sobre Ludmila, que a encarava com os braços cruzados, equilibrando-se na cadeira. Marina ainda não entendia o que era tão fascinante para aquela maluca.

— Certo... — começou e respirou fundo, tentando recuperar o foco. — A gente tem oito semanas para arrecadar dinheiro e fazer tudo acontecer. Acho que poderíamos falar sobre o que teria no evento e algumas ideias para pagar os custos.

— Acho que deveria ser em um barco — sugeriu Sofia.

Todos os rostos se viraram para ela, incrédulos.

— Você sabe que não tem como rolar esse tipo de coisa, né? — Diana perguntou com cuidado, tentando ao máximo não soar irônica. — A cidade pode até se chamar

Tubarão, mas não temos praia e muito menos barco para um evento desse porte, com mais de noventa alunos, sem falar nos convidados.

— A festa não precisa ser aqui — Sofia respondeu com desdém. — A praia fica a 30 minutos. É superfácil!

— Sofia — chamou Marina, estalando os dedos. — Acorda! — Sofia cruzou os braços e estreitou os olhos, irritada. Marina duvidava que ela estivesse costumada a ser contrariada. — A gente não tem orçamento — completou, e isso fez os ombros de Sofia baixarem um pouco. — Se a gente conseguir fazer alguma coisa *fora* do ginásio da escola, já estamos no lucro.

— Não podemos deixar a formatura ser aqui — disse Poliana com os olhos arregalados. — Vocês sabem que a formatura é o evento principal do ano, e tenho certeza de que a Martinho Luiz e a Henrique Gomes não vão deixar barato.

Todas entendiam a gravidade. Para muitos adultos, a disputa dos colégios poderia até ser besteira, mas para os alunos era muito importante. Haviam ficado em segundo lugar geral das Olimpíadas Escolares e em terceiro nos simulados de vestibular feitos por uma escola de cursinho intensivo que daria bolsas de estudo para os melhores colocados. Por causa dos jogos de handebol, Poliana tinha um motivo a mais para se importar com a rivalidade.

— Poderíamos voltar com os dias temáticos — sugeriu Diana, lembrando das primeiras semanas de aula, quando os alunos combinavam de pagar algum mico ou ir fantasiado para a aula num determinado dia da semana.

— E vender comida todos os dias — complementou Flavia.

— Eu sei cozinhar — disse Ludmila. — Acho que posso fazer alguns bolos pra vender no intervalo.

Marina adicionou as sugestões no caderno, mas ainda não estava muito otimista sobre se conseguiriam o valor suficiente.

— Talvez a gente precise de mais dinheiro — murmurou enquanto encarava a lista.

— Meus pais não querem dar mais dinheiro — lamentou Diana. — Estão furiosos com esse negócio de terem roubado tudo da cota da formatura. Eles têm certeza de que foi alguém do colégio que sabia do dinheiro guardado no armário da diretora.

A polícia estava investigando o roubo, mas ninguém tinha muita esperança de recuperar o dinheiro. Precisariam encontrar outra maneira de conseguir. Marina suspirou e fechou o caderno.

— Bom, a gente vai ter que dar um jeito.

— São oito semanas — disse Sofia, mexendo nas tranças. — Vai dar muito trabalho.

— Quer desistir? — perguntou Ludmila com as sobrancelhas levantadas, ainda brincando com a cadeira.

— Não, eu só... — começou Sofia, mas parou de falar e fechou a cara.

— Acho que todas queremos a mesma coisa — disse Marina. — Só precisamos organizar uma lista de ideias para os dias temáticos, de lanchinhos que poderíamos vender e pensarmos em alternativas para arrecadar dinheiro. Vocês conseguem falar com as turmas de vocês amanhã? Seria bom se já começássemos na segunda-feira.

Todas assentiram, determinadas com a primeira tarefa.

— Tá parecendo a távola redonda — disse Diana. Ao ver a expressão confusa das outras, explicou. — Rei Artur, cavaleiros...

— Parece mesmo — Ludmila foi a única a concordar com Diana, que pareceu aliviada por alguém ter entendido a piada. — Só que apenas de mulheres.

— As mulheres vão dominar o mundo! — concluiu Poliana.

— Se começarmos salvando a formatura, já vai ser ótimo — argumentou Sofia, pegando a bolsa e colocando nos ombros. — Reunião amanhã de novo, Artiaga?

— Sim, para saber o que fazer na semana que vem — Marina respondeu.

— Certo.

O futuro dos planos daquele grupo era incerto, mas saber que elas pensavam um pouco no objetivo comum deixava Marina mais tranquila. Poderia funcionar.

Tudo caminhou mais ou menos bem nas reuniões das turmas. Tirando uma ou outra reclamação pontual, todo mundo concordou em tentar de novo. A maioria queria a formatura para simbolizar o fechamento do Ensino Médio, mesmo que essa grande maioria não estivesse nem um pouco a fim de correr atrás. Marina não se importava com o desinteresse, desde que ajudassem na parte prática, e um grupo até se prontificou para tal.

Listaram seis semanas com dias temáticos para arrecadar dinheiro de quem não participasse. Foi acordado com a diretora que a venda da comida aconteceria três vezes por semana, já que a lanchonete não gostou de saber que teria concorrência. Além disso, não poderiam vender nada já disponível no cardápio. Como esperado, voltar com as cotas não era uma opção válida, por isso precisavam pensar em uma alternativa para completar a renda.

— Poderíamos prestar algum serviço. Tipo lavar carro ou algo assim — sugeriu Poliana durante a reunião de sexta-feira.

— Duvido que as pessoas topem — disse Flavia enquanto encarava Sofia do outro lado da mesa redonda. As duplas representantes não estavam lado a lado dessa vez, mas sim misturadas.

— O quê? — Sofia rebateu. — Fiz minhas unhas ontem!

Ela mostrou as mãos impecavelmente pintadas de preto. Todas as garotas se voltaram para ela, o que fez com que Sofia apenas suspirasse e completasse depois de um dar de ombros:

— Eu posso usar luvas.

— Quem não ajudar, vai precisar dar um jeito de conseguir sua parte no dinheiro da formatura — concluiu Diana. — Não estamos aqui pra sustentar gente preguiçosa. Já basta os trabalhos em grupo que a gente sempre leva alguém nas nossas costas.

Era óbvia a mágoa de Diana.

— Mas a gente tem que pensar no dinheiro que foi roubado, né? — lembrou Marina.

— Todo mundo foi roubado, Artiaga — observou Poliana. — Inclusive a gente. E, mesmo com vestibular e ENEM pela frente, estamos aqui discutindo alguma forma de encerrar bem o ano. Enquanto os outros estão estudando ou, sei lá... coçando.

— Hum...

— Eu concordo com elas — disse Sofia, surpreendendo mais uma vez. — Se a pessoa não ajudar, não participa da formatura.

A líder da comissão tinha quase certeza que enfrentaria uma batalha com a diretora quanto a isso, mas concordava em parte com as companheiras. Não seria justo. Mas quem disse que o Ensino Médio era justo? Ou a vida? Afinal, todos tinham sido roubados e ninguém pediu isso.

Por fim, concordou com a cabeça e guardou esse assunto para resolver depois.

— Temos que vir com o material da escola em um balde na segunda-feira? — perguntou Marina com um sorriso nos lábios.

Seria divertido.

7 semanas para a formatura

Marina não teria grandes problemas em levar o material escolar em um balde, já que segunda-feira era dia de ir de carona com a mãe, então a maior dificuldade foi *achar* um balde.

— Mãe, é sério que a gente não tem nenhum balde? — gritou Marina da área de serviço, do lado de fora da casa.

— Por que você quer um balde a essa hora da manhã? — a mãe de Marina, Darlete, perguntou enquanto bebericava uma xícara de café e lia as notícias no celular. Sua bolsa e uma pasta de plástico já estavam separadas na ponta da mesa para que elas saíssem às sete em ponto.

— Porque preciso levar meu material nele — Marina respondeu da porta da cozinha. Ela já estava de uniforme, calça azul-marinho e camiseta baby-look branca com o emblema da escola, tênis limpos e cabelo preso em um coque. Só precisava de um balde.

— O que aconteceu com a sua mochila? — a mãe perguntou com uma ruga na testa.

— É o tema dessa semana, mãe... — respondeu Marina, cansada. — Temos que levar o material em um balde, nada de mochila ou bolsa.

Ela já havia contado tudo sobre a nova responsabilidade, e a mãe não tinha gostado nem um pouco de ela dividir a atenção do vestibular com a comissão de formatura. Então todos os detalhes devem ter entrado por um ouvido e saído pelo outro.

— Ah, certo, essa besteira — comentou Darlete com desdém, e tomou mais um gole do café sem desviar a atenção do celular. — Nunca entendi por que permitem que os alunos voltem a ser crianças logo quando estão saindo do Ensino Médio. Vocês vão pra universidade, afinal.

Marina mordeu a língua para não dizer que o trote da faculdade também tinha brincadeiras assim.

— Tem um balde dentro do armário, do lado da máquina de lavar — disse a mãe e depois olhou para Marina. — Se vocês prestassem mais atenção nas coisas, sempre achariam o que estão procurando.

— Você nem disse bom-dia e já está me dando sermão? — Péricles, o pai de Marina, apareceu na cozinha também já pronto para o trabalho. Assim como a esposa, ele também era professor, mas acumulava a função com a de coordenador do curso de Ciências Sociais da universidade local.

Os pais de Marina pensaram em colocar a filha em um colégio particular no Ensino Médio, principalmente para se preparar para o vestibular. As contas apertariam um pouco, mas estavam dispostos a tentar. Marina foi contra a ideia. Ela não conseguia se ver entre as garotas ricas que frequentavam as escolas mais renomadas da cidade. Não teria condições de bancar a vida que elas levavam e também não nutria interesse nenhum nisso. Aos catorze anos, Marina parecia uma adulta negociando com os pais o seu futuro. Foi por isso que entrou para a Ramos.

Na época, era a escola que tinha a maior nota do ENEM dentre as públicas da região, além de um índice considerável de aprovação nos vestibulares. Marina se comprometeu a ter um histórico exemplar durante os três anos e estava cumprindo a promessa. No mesmo ano que a garota entrou no Ensino Médio, a mãe também conseguiu vaga para dar aula no colégio. Nos momentos de raiva, Marina se sentia arrependida da escolha que tinha feito, mas logo lembrava que não fazia sentido chorar pelo leite derramado.

— Vocês nunca acham nada — murmurou Darlete ao ver o marido.

Péricles olhou para a filha com sobrancelhas levantadas, mas Marina apenas balançou a cabeça e foi procurar o balde. Estava exatamente onde a mãe havia indicado. Ela ainda não entendia essa mágica das mães para encontrar as coisas — ou para as esconder dos olhos dos filhos — e se perguntou se era um superpoder que desabrochava quando a maternidade chegava.

A maior parte dos alunos do terceiro ano entrou no clima do mico da semana. Era uma variedade de baldes, de todos os tamanhos e cores. Alguns alunos mais bagunceiros, que nunca levavam material, trouxeram o balde só de brincadeira porque estava completamente vazio. Algumas meninas enfeitaram seus baldes com corações ou letras de música, e Marina sentiu uma leve pontada de inveja por não ter pensado o mesmo. Mas acabou agradecendo por pelo menos ter conseguido um balde aos quarenta e cinco minutos do segundo tempo.

— Eu não vou pagar nada — Marina escutou Rubens, um garoto de pele clara e cabelos loiros meio ensebados, dizer assim que ela entrou na sua sala. — Só o que faltava, ter que dar dinheiro porque não tô participando dessa brincadeirinha de vocês.

A garota pensou em intervir, mas mudou logo de ideia ao ver que Diana parecia dar conta da situação e foi até sua cadeira no meio da sala. Guilherme, que sentava na cadeira de trás, ainda não havia chegado. Marina cumprimentou Carol, sua melhor amiga desde que começou a estudar na Ramos, sentada ao seu lado, e voltou a atenção para a discussão.

— É para a formatura, Rubens — disse Diana, impaciente. Ela vinha se mostrando bem mais confiante agora que tinha um pouco de poder por fazer parte da comissão.

— Eu não vou participar — concluiu o garoto, cruzando os braços e estreitando os olhos de forma desafiadora para Diana.

— Bom — a garota deu de ombros —, tanto faz. Não vem querer chorar depois!

Os alunos presentes na sala começaram a murmurar em desafio, e Rubens fez um movimento de quem iria rebater o argumento, mas foi interrompido pelo segundo sinal, indicando o começo das aulas. Logo em seguida, Marlene, a professora de História, apareceu na porta. A sala imediatamente ficou em silêncio e alguns alunos atrasados se esgueiraram para seus lugares antes que ela fechasse a porta. Um deles era Guilherme.

Marina deu um olhar questionador para o namorado, mas ele fez que não viu e se sentou rapidamente, sem conseguir fazer silêncio. A cadeira fez um barulho estrondoso quando ele se jogou e chamou a atenção da professora. Ela se virou para a turma na mesma hora, mas não deu o famoso sermão sobre silêncio e responsabilidade. Dessa vez, olhou em volta e percebeu a quantidade de baldes aos pés dos alunos.

— Pretendem fazer faxina hoje? — perguntou com um sorriso malicioso.

— É o mico da semana para a formatura, professora — respondeu Jaqueline, uma aluna sentada nas primeiras mesas.

A professora revirou os olhos, impaciente, mas assentiu em vez de devolver uma resposta ácida para a aluna, já encolhida na cadeira. O dia não havia começado bem para a professora, e ela não queria descontar nos alunos. Acompanhara todo o drama do roubo do dinheiro da formatura e ouviu os comentários desesperados na semana anterior. Ninguém sabia o que aconteceria em seguida, e o pessimismo já estava tomando conta de todos. Ver que os alunos estavam se organizando para fazer algo a respeito dava uma gota de esperança.

— Acho que é a primeira vez que vejo vocês se organizando de fato para alguma coisa desde que comecei a dar aula nessa turma — admitiu. — Só via vocês apáticos e repetindo padrões. Sentia falta de uma faísca de força de vontade.

Os alunos se entreolharam, confusos. Cadê a professora carrancuda de todos os dias? Marlene nunca se preocupava em falar muita coisa antes de pedir para que abrissem os livros em alguma página aleatória, e pedir para que resumissem ou apresentassem trabalhos que eram um tédio.

A professora mordeu o lábio, em dúvida. Talvez tivessem tempo para algo motivador. Talvez tivesse a chance de fazer algo pelos jovens, afinal. Por isso decidiu que aquela seria uma aula diferente.

Respirou fundo, se dirigiu ao quadro e escreveu: *Manifestações de 2013*.

— Se dependermos do currículo escolar, não chegaremos nem na ditadura. Então vamos logo para algo mais atual e que quem sabe vai colocar vocês para pensar.

Pela primeira vez nenhum aluno dormiu durante a aula de História; pelo contrário, todos estavam atentos demais aos pontos discutidos pela professora. O assunto não estava nos livros que receberam no início do ano, claro. Porém, a professora fez o possível para apresentar fontes confiáveis e temas que os alunos poderiam explorar e ir mais a fundo caso quisessem. Não cobraria em prova, mas tinha certeza que seria útil para suas vidas.

— Uau — disse Marina para Carol, quando soou o sinal de troca de professores e Marlene pegou o material intocado em cima da mesa para se dirigir à próxima turma. — Foi...

— Inspirador — a amiga concordou com uma expressão desconcertada.

— Eu nem dormi dessa vez — disse Guilherme, se metendo na conversa.

— Por que chegou atrasado? — perguntou Marina, sem esquecer da escapada. — Deu nem oi.

O garoto se inclinou sobre a mesa, deu um beijo rápido na namorada e sorriu.

— Pronto.

A reação de Marina foi olhar para a frente e ter certeza de que a professora de Biologia ainda não havia entrado. A última coisa que ela queria era mais uma repreensão da mãe sobre *namorar em sala de aula*. Darlete nunca foi muito fã de Guilherme. Ele era o tipo de aluno que não estudava, bagunçava as aulas, mas se dava bem nas provas, e isso irritava Darlete. Já seu pai o adorava. Torciam para o mesmo time e falavam sobre futebol sempre que se encontravam.

— Você não me respondeu — lembrou ao se voltar novamente para Guilherme.

— Dormi um pouco mais do que devia...

Marina desconfiou da resposta do namorado. Sempre que ele dormia demais ela conseguia reconhecer a cara amassada, os olhos lutando para ficar abertos e o uniforme todo desajeitado. Mas, daquela vez, Guilherme estava impecável. Até mesmo se lembrou de trazer o material no balde. A única diferença era uma linha de preocupação na testa quando ela perguntou sobre o atraso.

— A gente poderia fazer alguma coisa hoje à tarde lá em casa, o que acha? — o garoto trocou de assunto. — Ver uma série, talvez.

— Não sei...

— Ah, Artiaga... sempre nessa.

Ele só a chamava pelo sobrenome quando estava irritado. Para manter o distanciamento e provocá-la.

— Tenho que resolver algumas coisas da comissão de formatura.

Marina tentou parecer firme, mas não tinha certeza se conseguiu transmitir isso. Pela forma como Guilherme a olhou, havia falhado. Ela realmente tinha coisas para resolver, mas não precisava ser naquele dia. Porém, foi a única desculpa que passou pela sua cabeça para não se encontrar com o namorado. Ela sabia o que ele queria dizer com *fazer alguma coisa*. Significava: *estou sozinho em casa e nós poderíamos finalmente fazer sexo*.

Não é como se Marina não quisesse. Ela simplesmente não se sentia à vontade para fazer com Guilherme. Carol já havia dito para ela terminar logo o namoro, porque, na maioria das vezes, nem parecia gostar dele. Mas não era isso. Ela gostava de Guilherme. Parecia... *certo*. Sua vida *estava* certa. Por que mudar as coisas agora que estava quase se formando?

— Não vou esperar para sempre — Guilherme sussurrou em seu ouvido. Então pegou o balde com o material e, ao passar por Marina, ela segurou seu braço.

— Ei, tem aula de Biologia — disse ela baixinho, mas todos já prestavam atenção na cena.

Guilherme olhou para a namorada, deu um sorriso irônico e saiu pela porta.

— Você sabe o que eu penso, né? — disse Carol, mas Marina não teve coragem de olhar para a amiga.

— Sei — o som saiu baixinho, e ela não tinha certeza se estava respondendo para a amiga ou para si mesma.

A arrecadação da semana anterior foi o suficiente para o financiamento da venda de comida na semana seguinte. Demoraram um pouco para decidir se deveriam realmente usar o dinheiro ou reservar para o que precisavam arrecadar no próximo mês e meio.

— Eu não vou tirar do meu bolso para pagar os ingredientes — disse Poliana, cruzando os braços depois da sugestão de Ludmila de dividirem as despesas entre si na última reunião.

— É questão de lógica. Vamos investir o dinheiro para arrecadar mais e vai ser totalmente justo — apoiou Marina.

Flávia estava inquieta na cadeira.

— Artiaga, acontece que se as pessoas descobrirem, vão achar que estamos gastando o dinheiro *deles*.

—*Acontece* que alguém precisa tomar essas decisões ou não vamos ter formatura — defendeu Diana, olhando sério para Flávia.

Os ânimos estavam um pouco exaltados, e agora sim Marina sabia que tipo de problemas há numa comissão de formatura. Dos grandes. Ela só queria ir para casa e abraçar seu travesseiro enquanto via Netflix.

Diana pigarreou para chamar atenção e todas se viraram para ela. A menina reunia folhas a sua frente enquanto corrigia a postura.

— Eu fiz umas contas — começou, insegura. — Ainda não sabemos como vai ser a aceitação das vendas, mas estimei que poderíamos vender sessenta fatias de bolo a dois reais por dia. Três vezes na semana, por cinco semanas, isso renderia mil e oitocentos reais. Tirando as despesas dos ingredientes, que chutei uns cem reais... Isso seria mil e setecentos.

Todas as garotas a encararam, admiradas. Nenhuma delas havia pensado no *quanto* isso renderia. Ainda bem que existia Diana para isso.

— A gente poderia fazer minicachorro-quente também — sugeriu Ludmila depois do pequeno susto. — Pra variar um pouco.

Diana assentiu e sorriu para Ludmila, agradecendo por ela não ter ignorado sua colocação.

— Diana poderia ser a nossa tesoureira — disse Marina, o que fez com que a garota relaxasse um pouco a postura rígida. Os olhos de Diana brilharam com o reconhecimento inesperado.

— Só que tem que tomar conta do dinheiro... — alertou Poliana em um tom brincalhão, mas que acabou distribuindo tensão pela sala. Ninguém gostaria de ser responsável por perder o dinheiro da formatura de novo.

Marina deu dois tapinhas na mesa para recuperar a atenção de todas e disse:

— Começamos a venda na próxima segunda. Ludmila, precisa de ajuda para fazer os bolos?

— Seria ótimo! — respondeu. Não esperava a ajuda de ninguém, mas também não recusaria caso isso acontecesse.

— Alguém pode ir no domingo?

Nenhuma das garotas parecia interessada em perder o domingo para cozinhar.

— Tenho prova de Química no primeiro tempo na segunda-feira — Sofia se justificou dando de ombros, como se não tivesse escolha, e Flavia pareceu levemente aliviada por poder compactuar com essa desculpa.

Diana já tinha a função de cuidar do dinheiro e tentar fazer com que ele se multiplicasse por meio de algum milagre. Poliana, com seu jeito agitado, provavelmente mais atrapalharia do que ajudaria Ludmila. Marina suspirou e, derrotada, disse que poderia colaborar.

Uma expressão de alívio passou pelo rosto das outras quatro garotas.

— Na próxima semana, a gente reveza — disse Marina, em tom ácido, depois da reação das garotas.

Todo mundo tinha que trabalhar, certo?

6
Semanas para a formatura

A casa de Marina foi escolhida para a empreitada. Como a garota pegava carona com a mãe para as aulas, seria mais fácil levar toda a comida para a escola na segunda-feira. As garotas combinaram de se encontrar no domingo às seis da tarde, e teriam tempo suficiente para fazer três bolos.

Quando Ludmila chegou com três grandes formas de alumínio nos braços e mais uma *ecobag* pendurada nos ombros, Marina a cumprimentou e a conduziu até a cozinha.

— Não repara na bagunça — disse, fazendo um gesto para o espaço que não tinha nada fora do lugar. Deixar as coisas organizadas era uma regra de ouro daquela casa.

— Bagunça? — disse a visitante, confusa.

— Sei lá... — Marina deu de ombros. — Sempre digo isso para quem nunca veio aqui em casa.

— Bagunça vai ficar quando a gente terminar de assar esses bolos — alertou Ludmila, com as sobrancelhas levantadas. — Eles ficam uma delícia, mas eu sempre deixo um rastro de sujeira para trás — completou com uma piscadela. — Onde posso colocar as formas?

— Pode deixar em cima da mesa de jantar. — Marina indicou uma grande mesa redonda de pedra que ficava no meio da cozinha. — Certo. Por onde começamos?

Ludmila observou Marina, que parecia uma criança feliz prestes a fazer uma coisa de adulto. Colocou até um avental branco que parecia novo. Ludmila poderia jurar que ela estava quase dando pulinhos.

— Podemos começar pelos ingredientes — respondeu, enquanto tirava espátulas, batedor de ovos, copos de medida e outros apetrechos de dentro da bolsa e os posicionava na mesa.

— Beleza! Vou buscar!

As garotas passaram quase três horas preparando tudo. Ludmila estava certa, realmente deixava um rastro de farinha, cascas de ovo e calda de chocolate espalhado pela cozinha inteira.

— E aí, já sabe o que vai fazer depois da formatura? — perguntou Marina enquanto ensaboava uma das tigelas que haviam usado e esperavam o último bolo assar.

Ludmila acendeu a luz do forno para conferir o andamento da sua obra de arte e depois olhou para Marina, sorrindo.

— O curso ainda não decidi, mas sei que vou para algum outro estado. — Ela se encostou no balcão e meneou a cabeça. — E você, Artiaga?

Marina desviou o olhar e franziu a testa para a espuma acumulando dentro da pia.

— Vou ficar por aqui — respondeu simplesmente. Não queria admitir que era isso que esperavam dela. Que nunca teve muitos sonhos. Que sua vida era sem graça.

Ludmila mordeu o lábio inferior para não dar mais um dos seus discursos de como a vida era curta demais para as pessoas terem ideias limitadas. O mundo e o universo eram enormes e, apesar de ter certeza de que nunca seria capaz de ver tudo, não desistiria de explorar o que pudesse. As duas só haviam começado a conversar há duas semanas, mesmo que Ludmila já observasse Marina desde o ano anterior. Afinal, todos sabiam quem ela era. Mas, diferentemente dos outros no colégio, Ludmila não a achava previsível e certinha. Na verdade, era só um passarinho engaiolado que ainda não tinha a noção do que era capaz. Por isso, só cantava o suficiente para agradar quem estivesse a sua volta.

Ludmila queria libertá-la.

Seus pensamentos foram interrompidos pelo alerta do temporizador, avisando que o tempo programado havia terminado. Ela pegou uma luva para proteger as mãos e abriu o forno para conferir se o bolo estava pronto. Ao desviar o olhar para Marina, percebeu que a garota dedicava tempo demais para tirar a espuma de um copo. Sabia que algo a incomodava, mas ainda não tinha intimidade suficiente para dar pitaco em sua vida.

— Acho que precisamos de mais cinco minutos para esse aqui. — Fechou a porta do forno e girou o botão programando o tempo novamente. — Vou fazer a calda de chocolate.

Marina assentiu, finalmente deixando o copo no escorredor, e enxugou as mãos no avental.

— Posso raspar a panela desta vez? — pediu com um sorriso tímido.

Ludmila sorriu enquanto despejava uma lata de leite condensado na panela e balançou a cabeça.

— Parece até criança...

Foi o suficiente para que o clima desconfortável fosse aliviando aos poucos. Enquanto Ludmila mexia os ingredientes na panela, Marina observava com atenção. Estava feliz por ter conhecido Ludmila. Ela era tão diferente de Carol. Não sabia como definir, mas se sentia inspirada com qualquer coisa que ela falasse. Gostaria de tê-la conhecido antes. Talvez sua vida tivesse sido um pouquinho diferente.

Marina costumava passar o domingo à noite com Guilherme, mas naquele dia avisara o namorado que precisaria resolver algumas coisas da comissão de formatura. Isso não evitou que ele aparecesse sem avisar.

— Hummm, que cheiro bom — comentou assim que entrou na cozinha. — Vou ganhar um pedaço?

Marina levou um susto quando ele a abraçou por trás e deu um beijo em seu pescoço. Na mesma hora, ela olhou para Ludmila, mas a garota desviou o olhar enquanto terminava de colocar calda de chocolate em cima do bolo de cenoura.

— Cla.... — Marina começou a dizer, mas Ludmila a interrompeu.

— Amanhã. Dois reais a fatia.

Guilherme não esperava pela resposta de Ludmila e fechou a cara imediatamente. Marina ainda estava de costas, portanto não conseguiu ver o olhar de malícia dele percorrendo o corpo de Ludmila. Como se só agora tivesse percebido o desafio. Poucas vezes, a garota havia se sentido tão desconfortável; se fosse em qualquer outro momento, Ludmila teria comentado sobre aquele desrespeito, mas se conteve por causa da amiga, que nem havia visto o comportamento do namorado.

— Tudo bem — ele disse, dando um sorriso de leve. — Amanhã eu passo para comprar uma fatia com vocês.

— Acho que tá tudo pronto — Ludmila disse, terminando de colocar rapidamente tudo o que era seu na *ecobag*.

Os três bolos descansavam em cima da mesa de pedra, prontos para serem vendidos no dia seguinte.

— Ei, espera. — Marina se desvencilhou do abraço de Guilherme e puxou o braço de Ludmila para que ela não saísse. — Você tá chateada com alguma coisa?

Ludmila deixou escapar um suspiro cansado e deu um beijo na bochecha de Marina.

— A gente se vê amanhã... — disse sem muito entusiasmo. Viu o olhar desafiador de Guilherme e voltou a encarar Marina com preocupação. — Se cuida.

Todas as garotas da comissão tiveram autorização para saírem 15 minutos mais cedo da sala de aula antes do intervalo. Organizaram uma mesa no salão principal do colégio, onde os alunos costumavam circular em direção à lanchonete ou à área livre perto das quadras. Ali todos poderiam pelo menos dar uma olhada no que elas estavam vendendo.

Sofia assumiu a responsabilidade pelo marketing. Imprimiu um cartaz colorido para pendurar em um cavalete próximo às mesas e aos panfletos que foram distribuídos no começo das aulas para as onze turmas do colégio. Não precisaram gastar com esses materiais porque ela conseguiu negociar com a escola e barganhar as impressões na sala de xerox. Tudo de graça! Poliana e Flavia organizariam os pedidos, Diana cuidaria dos pagamentos e do troco; Marina e Ludmila ficariam de olho nas reações dos compradores para providenciar mudanças na receita ou nos sabores, caso necessário.

A primeira cliente foi a diretora Sônia. Bastante admirada com toda a determinação das alunas, ela decidiu que queria ajudar as aprendizes de empreendedoras. Comprou uma fatia de cada sabor de bolo: cenoura com calda de chocolate, chocolate branco com cobertura de leite condensado e coco ralado e, é claro, um bolo de chocolate com cobertura de brigadeiro.

— Acho que estou no paraíso — Sônia comentou depois de comer um pedaço do bolo de cenoura. — Isso está maravilhoso!

Marina deu uma cotovelada de leve em Ludmila, orgulhosa pelo elogio. Elas sabiam que todos os bolos estavam muito gostosos, mas precisavam ter certeza de que seriam sucesso de vendas.

— Pode me servir mais um pedaço do bolo de cenoura para levar? — pediu Sônia para Poliana, que correu para providenciar o pedido em uma embalagem de plástico. Diana fez a cobrança dos oito reais pelos quatro pedaços e, assim que a diretora voltou para sua sala, as meninas relaxaram.

— Deveríamos cobrar três reais por fatia — disse Diana, pensativa, enquanto batia a caneta em uma prancheta que havia providenciado para registrar todos os ganhos. — Ela teria pagado do mesmo jeito.

— Ela é a diretora — lembrou Flávia. — Não sabemos se os alunos vão pagar.

Marina olhou a hora no celular e seu estômago começou a rodar. Faltava apenas um minuto para soar o sinal e enfim saberiam se o plano funcionaria ou não. Ludmila fez um sinal para que ela olhasse para a direita, mas Marina não entendeu o que deveria encontrar.

— Ali. Na janela — murmurou.

A garota estreitou os olhos e encontrou o que Ludmila queria que visse. Era o dono da lanchonete do colégio. Ele estava espiando pela janela e nem um pouco feliz com a empreitada. Uma leve apreensão passou por Marina, mas logo ela se lembrou que não estava fazendo nada errado. Eles haviam entrado em um acordo. Certo?

O sinal do recreio soou e as garotas tiveram que proteger os ouvidos, já que estavam exatamente embaixo de um dos autofalantes. Quando começaram a escutar as vozes dos colegas saindo das salas, respiraram fundo.

— É hora do show! — disse Poliana e bateu palmas, se preparando para a batalha.

5 semanas para a formatura

A primeira prova do ENEM foi exaustiva, mas Marina acreditava que tinha se saído bem. Estava motivada com todas as conquistas da semana anterior — a venda dos bolos tinha sido um sucesso e elas já planejavam novidades para a semana seguinte — e, por isso, conseguiu levar o otimismo para as horas cansativas de resolução de questões. O tema da redação acabou sendo discutido na aula de História daquela semana.

A professora Marlene estava completamente diferente do que havia sido o ano inteiro e parecia até mais jovem. Chegava sorrindo, descartava os livros didáticos e distribuía textos de jornais, artigos científicos e publicações independentes. Na segunda-feira, ela nem esperou o segundo sinal tocar para conversar com a turma de Marina. Quando percebeu que grande parte dos alunos estava fantasiado de profissões para o mico da semana, ela parou na frente da sala com mãos nas cinturas e sorriu encarando um a um.

— Auspicioso.

Alguns alunos se olharam, confusos, sem entender o que aquela palavra significava ou porque a professora estava sorrindo. *Parece algum tipo de milagre*, pensou Marina.

— *Movimentos sociais como transformadores de uma geração* — relembrou o tema da redação do ENEM. — Espero que vocês tenham realmente arrasado nessa redação, ou nossas últimas aulas não serviram para nada, certo?

— Virou Mãe Diná, professora? — brincou Guilherme.

Todos os alunos prenderam a respiração à espera da resposta da professora. Algumas semanas antes e ela com certeza designaria um olhar cortante, talvez um trabalho a mais para entregar na próxima aula. Porém, dessa vez, ela *sorriu*. Era a segunda vez que ela sorria em menos de cinco minutos!

— Pena que as entidades ainda não me revelaram os números da Mega Sena — lamentou. — Mas a gente continua esperando, não é mesmo?

As risadas vieram. Pela primeira vez, aqueles alunos desfrutaram do senso de humor da professora Marlene. Ela podia ser engraçada, afinal.

— Agora... — continuou enquanto se sentava em sua mesa e deixava as pernas curtas balançarem. — Quero que vocês contem o que abordaram em suas redações.

Foi a melhor aula de História que a turma já teve. A cada tópico levantado sobre os movimentos sociais, a professora recomendava algum artigo ou mencionava um fato importante, às vezes não muito conhecido também. Ela estava tão animada que parecia até ser uma aluna como eles.

No final da aula, uma linha do tempo estava desenhada no quadro com os principais movimentos sociais do Brasil e como eles eram capazes de mudar o país desde que houvesse união. Os alunos mais interessados tiraram fotos para pesquisar mais a fundo em outro momento e ninguém foi zoado por isso.

A aula de Educação Física era no próximo tempo, mas Marina e Diana pediram para que a turma continuasse na sala para um rápido recado. Sons de lamento e outros de comemoração foram ouvidos. Ninguém parecia muito interessado no que elas tinham para falar, mas ainda assim acataram. Marina tinha esse efeito nas pessoas.

— O feriado de finados, em 02 de novembro, cai numa quinta-feira, e emenda com o final de semana, então vamos fazer o mutirão da lavação de carros para arrecadar mais dinheiro para a formatura na sexta — informou Diana. — Será no estacionamento particular aqui ao lado da escola. Precisamos de voluntários.

Alguns olhos se desviaram e outros alunos pigarrearam. Marina escutou até mesmo um assovio distraído.

— Apenas quem comparecer vai ter o dinheiro abatido da cota de formatura — alertou.

A comissão já havia decidido que quem não colaborasse com as atividades não participaria da formatura de graça. Assim como na venda de bolos dos intervalos, a lavação seria a mesma coisa. Só que, diferentemente do pequeno negócio culinário, elas pretendiam ganhar muito mais dinheiro em um dia só.

Depois de mais reclamações e alguns comentários maldosos, elas conseguiram uma lista com quinze nomes que se dividiriam entre os turnos da manhã e da tarde. Era um bom começo. Precisavam saber quantas pessoas as outras duplas haviam conquistado.

— Espero que vocês tenham tido mais sorte — murmurou Sofia quando se encontraram no intervalo. — Só consegui cinco pessoas da 301, mesmo ameaçando. Todo mundo falou da segunda etapa do ENEM no domingo e não querem se *cansar* — concluiu a frase com um revirar de olhos.

Marina e Diana olharam em expectativa para Ludmila e Poliana, que estavam com cara de enterro, mas logo os sorrisos se formaram e depois vieram alguns pulinhos.

— Vinte e duas pessoas! — anunciou Ludmila.

Todas as garotas deram gritinhos de comemoração e se abraçaram.

— Não acredito nisso! — Marina arrancou a folha das mãos de Ludmila. Não era mentira, mal podia acreditar! — Vinte e duas pessoas!

— Somos quase cinquenta — declarou Diana, tomando nota na sua prancheta. — Espero que tenha carro o bastante para lavar!

As garotas caíram na risada, pois só faltava o mais importante: gente para pagar pelo serviço.

A divulgação do mutirão foi pesadíssima. Mais uma vez, Sofia utilizou seus dons artísticos para fazer os panfletos divulgando o mutirão na sexta-feira. Cada aluno do terceiro ano, mesmo quem não se comprometeu a participar, recebeu uma pilha de panfletos para distribuir. Marina contou com a ajuda do pai para a divulgação na universidade. Certamente muitos alunos e professores precisariam lavar seus carros e, se dependesse da lábia do senhor Péricles, teriam uma grande fila de carros para lavar na sexta-feira.

Darlete não ficou nada feliz com a ideia da filha de se envolver em uma atividade como aquela na véspera do segundo dia do ENEM, mas Marina conseguiu ignorar completamente a mãe. Ela daria conta das duas coisas. Fazia muito tempo que não se empolgava de verdade com algo que era de seu interesse.

A comissão de formatura também se dividiu em turnos para supervisionar as atividades, portanto Marina, Ludmila e Sofia se encontraram às sete da manhã no estacionamento, prontas para organizarem os trabalhos. O pai de Flávia já estava esperando pelas garotas, e pronto para passar as instruções básicas de como um carro deveria ser lavado. Ele trabalhava em um lava-a-jato do shopping, mas, para a sorte dos alunos, era seu dia de folga. Aos poucos, todos os voluntários foram chegando, formando uma pequena tropa à espera de comandos de guerra. Outros alunos que não estavam na lista também resolveram aparecer e foram se acumulando timidamente ao redor do grupo.

Os formandos foram divididos em duplas e receberam os materiais assim que os primeiros carros começaram a chegar. A primeira hora foi tranquila, com cerca de cinco carros, mas a partir das nove e meia as coisas foram ficando mais caóticas. Todas as duplas trabalhavam em um carro, mas uma fila de espera começava a se formar.

— Bom dia! Obrigada por contribuir para a formatura da turma de 2018 da Escola Professor José Carlos Ramos! — Marina já havia perdido as contas de quantas vezes tinha dito aquilo e não eram nem dez horas da manhã.

Uma mulher que aparentava uns vinte e poucos anos sorriu para ela em resposta:

— Ah, é um prazer! Sei bem como é difícil arrecadar dinheiro para formatura do terceiro ano. Estou passando por isso na faculdade, mas mal temos tempo para qualquer coisa e duvido muito que aqueles playboys fariam algo assim.

A universitária indicou a fila de carros sendo lavados e balançou a cabeça.

— Acho que todos estão ocupados. Devo esperar aqui?

— Já estamos terminando alguns, então não precisa esperar por muito tempo!

— Ah, sem problemas! — A garota fez um gesto com as mãos, como se esperar fosse a menor das suas preocupações. — Vocês que me salvaram! Preciso entregar esse carro pro meu pai, mas como moro numa quitinete eu não fazia ideia de como ia lavar essa coisinha aqui — completou, dando tapinhas no painel do carro com uma risada. — Quando soube do mutirão foi quase um milagre!

Sofia, que estava ajudando Marina na recepção dos clientes, encontrou a oportunidade perfeita para fazer uma pesquisa.

— Que bom que podemos ajudar! — ela agradeceu com um sorriso carinhoso. — Como ficou sabendo?

— Encontrei o panfleto na minha mesa da faculdade! Fiquei impressionadíssima com a arte. Essa pegada mais *retrô* combinou muito com o negócio da lavagem de carros. Foram vocês que fizeram?

Marina assentiu e indicou Sofia com a cabeça.

— Foi a Sofia. Ela quer ser publicitária, sabe?

Sofia nunca ficava sem palavras, mas assim que recebeu aquele elogio, não soube o que fazer além de sorrir sem jeito e enrolar as mechas de cabelo entre os dedos, nervosa.

Os olhos da universitária brilharam e ela deu um sorriso de incentivo.

— Sério? Espero que você seja minha caloura, então!

Marina cutucou Sofia para a garota falar alguma coisa, mas, antes que ela pudesse responder, um carro buzinou. Marina fez um gesto para que o motorista impaciente aguardasse um pouco mais e se voltou para a outra cliente se desculpando.

— Ah, é o Bernardo — reconheceu a universitária depois de dar uma espiada pelo retrovisor. — Ele estuda comigo — completou sem muita animação. — É bem exigente, mas dá boas gorjetas se o serviço for bom.

Sofia e Marina levantaram as sobrancelhas, apreensivas, e engoliram em seco.

— Valeu pelo aviso! — Marina agradeceu a universitária. — Você pode estacionar daquele lado que logo vai ser atendida — apontou para a direita, onde começava a linha de produção da lavação dos carros. — Obrigada, de verdade.

— Que isso! Eu que agradeço. Boa sorte com a formatura!

O carro partiu antes que Marina pudesse responder e o seguinte logo se aproximou. A garota respirou fundo e deu seu melhor sorriso.

— Bom dia! Obrigada por contribuir para a formatura da turma de 2018 da Escola Professor José Carlos Ramos!

O segundo turno da lavação começou logo depois do almoço. Marina e Sofia repassaram todas as informações para Diana e Flávia, que logo assumiram o posto do atendimento aos clientes. A fila não havia diminuído desde as dez da manhã — pelo contrário, estava ainda maior. Estimavam quarenta minutos de espera. Estava sendo um completo sucesso!

— E aí, linda? — Guilherme cumprimentou a namorada com um beijo assim que chegou para o turno da tarde. Estava tirando a carteira de motorista e aproveitou o feriado para adiantar algumas aulas de direção.

Marina envolveu seu pescoço com os braços e abriu um sorriso alegre.

— Está sendo um sucesso!

Guilherme apertou um pouco mais o abraço, trazendo o corpo da namorada para perto do dele. Estavam fora da escola, ali não precisaria ter cuidado. Mesmo assim, ele sentiu que ela não estava confortável. Guilherme não entendia aquele comportamento arredio. Antes pensava que era por causa da timidez, mas mesmo depois de dois anos de namoro as coisas não ficaram menos estranhas.

Não era como se eles fossem fazer sexo ali, caramba!

Guilherme gostava de Marina, mas era homem.

— Que bom, eu sabia que seria — respondeu, com um pouco menos de entusiasmo.

Marina notou a diferença no humor dele, mas não fez questão de reverter a situação e agradá-lo.

Perceber o descaso da namorada só reforçou o pensamento de que aliviar sua vontade com outras garotas não era traição. Não queria terminar com ela, a posição era favorável e formavam um casal modelo. Mas isso não queria dizer que teria que esperar eternamente pela vontade de Marina. Não poderia forçá-la, é claro, mas havia várias outras garotas que fariam de tudo por um pouco da sua atenção. Carol era uma. Guilherme ria sempre que pensava em como Marina ainda acreditava na lealdade da amiga. Fazia quase um ano que eles se encontravam eventualmente. Carol já havia sugerido que terminasse com Marina para ficarem juntos, mas ele não seria idiota de fazer isso. Carol não chegava aos pés de Marina. Já havia deixado claro que entre os dois era apenas sexo, mas ela não parava de pressioná-lo.

— Vou contar para ela, tá? — a garota ameaçou com os olhos marejados, quando Guilherme disse que era melhor ela ir embora depois do sexo na quarta-feira.

Carol costumava passar na casa dele sempre que os pais de Guilherme viajavam nos finais de semana, e no feriado mais uma vez eles não estavam em casa. Eles gostavam de aproveitar a vida e Guilherme parou de achar ruim ao virar adolescente, quando passou a odiar que pegassem no seu pé.

O garoto respondeu a ameaça de Carol dando de ombros, como sempre. Ele se preocupou muito no começo, mas depois percebeu que ela não faria nada. Tinha mais a perder que ele.

— Você é um babaca! — disse a menina, começando a juntar suas roupas espalhadas pelo quarto.

Carol não ficaria brava por muito tempo. Guilherme sabia como ela funcionava. Na semana seguinte ela mandaria mensagem de novo, então não tinha porquê se preocupar. Ao encontrar Carol no seu turno do mutirão, agiu como se nada tivesse acontecido.

— Oi, Carol! — cumprimentou com um sorriso irônico, ainda com Marina em seus braços.

Ela o ignorou e desviou o olhar para Marina, que interpretou a reação da amiga como um recado para que levasse em consideração seus conselhos de terminar com Guilherme.

— Por onde eu começo, Artiaga?

— O pai da Flávia vai explicar como funciona — a garota respondeu, e indicou um pequeno grupo que havia começado a se formar pela segunda vez no dia. Carol apenas assentiu e caminhou naquela direção.

— Vou lá também, gata — disse Guilherme e deu um beijo rápido na testa da namorada. — Depois a gente se fala?

Marina balançou a cabeça confirmando; ele abriu um grande sorriso e deu uma piscadela antes de dar meia-volta e correr até o grupo.

Guilherme havia convidado Marina para ir à sua casa no fim do dia e, pela primeira vez, ela havia concordado em ir sem a presença dos pais dele. Quem sabe assim ele não parava de encher o seu saco.

Ela quase desistiu.

Chegou a mandar uma mensagem para Guilherme, avisando que a mãe não a tinha deixado sair, mas a verdade era que não tinha nem sequer tentado pedir. Passou a tarde toda pensando no que iria fazer quando chegasse na casa do namorado. Se fosse, significava que teria que transar com ele, certo? Ela não sabia se queria. Deveria saber. Ou querer. Não era assim que funcionava? Já havia passado pela sua cabeça que havia alguma coisa de errado. Por que não sentia vontade? Talvez o medo estivesse bloqueando o desejo. Talvez só precisasse encarar isso logo.

Uma vez, viu um vídeo na internet sobre procrastinação e medo, e um dos conselhos da youtuber era contar de cinco até um e simplesmente fazer o que tinha que ser feito.

Já passava das sete da noite e ela estava deitada na cama de solteiro do quarto apertado. Seria agora ou nunca. Então suspirou e começou a contar baixinho:

— Cinco... quatro... três — engoliu em seco — dois...
Respirou fundo e fechou os olhos.

— Um.

Levantou rapidamente e foi até a sala de tevê para falar com a mãe. A professora tinha uma mesa de trabalho que ficava no canto da sala, onde corrigia provas e preparava o material das aulas. Darlete estava concentrada, e Marina percebeu que ela estava distribuindo vários X seguidos de anotações com caneta vermelha na pilha de papel. Não era novidade, as provas dela eram realmente difíceis.

— Mãe... — chamou. Marina tinha uma bola na garganta de nervosismo e o som não conseguiu sair alto o bastante para que a mãe escutasse. — Mãe? — tentou mais uma vez.

Darlete estava de costas para a filha, mas Marina notou que havia escutado porque sua postura mudou. Ela retirou os óculos e se virou para Marina, que esperava na porta da sala. A marca dos óculos e os olhos vermelhos denunciavam que já estava trabalhando havia algum tempo.

Marina deixou escapar um suspiro suave, preocupada com a possibilidade de a mãe identificar a mentira. Então deu um passo à frente e se escorou na parede com um ar trivial, tentando parecer o mais tranquila possível.

— A Ludmila chamou as meninas da comissão para fazer alguma coisa na casa dela hoje...

O olhar da mãe se iluminou assim que Marina citou Ludmila; isso deixou a garota mais segura para prosseguir com a mentira. A escolha de Ludmila não foi em vão. Ela sabia que a mãe não acreditaria se falasse de Carol. Darlete nunca gostou muito da amizade das duas. Ludmila era uma das alunas favoritas da sua mãe e Marina sabia usar isso a seu favor. Sentia-se péssima com a mentira, mas era agora ou nunca.

— Sabe, para dar uma aliviada em toda essa tensão de ter que conseguir dinheiro para a formatura e tal. Tudo bem se eu dormir lá hoje?

Mesmo que a mãe aceitasse, ainda corria o risco de ter a famigerada *ligação da certeza* — a comunicação básica entre mães só para garantir que estavam todos de acordo e falando a verdade.

— Ah, mas é claro! Aquela menina é um amor! Vai ser ótimo esse momento de descanso para o segundo dia de ENEM no domingo. Pode ir, filha.

Então ela se virou, colocou os óculos e voltou a distribuir tinta vermelha nas provas. Marina não acreditava que tinha dado certo. Ela havia se comportado como uma adolescente, finalmente. Afinal, que adolescente nunca mentiu sobre para onde iria para os pais, não é mesmo? Bom, ela nunca tinha feito isso até então.

Antes que a mãe mudasse de ideia, voltou para o quarto e arrumou a mochila. Mandou uma mensagem para Ludmila ficar por dentro da mentira, torcendo para que ela entendesse e fizesse a cobertura se alguma coisa desse errado.

< Ludmila Lancellotti >
É claro! Se diverte aí, Artiagal

Marina respirou aliviada ao receber a resposta logo em seguida. Certo. Agora só precisava lidar com o outro problema: Guilherme. Ponderou se mandava outra mensagem para o namorado, avisando que havia mudado de ideia, mas desistiu. Faria uma surpresa. Com certeza, ganharia alguns pontos.

A mochila estava pronta. Marina deu uma última conferida no espelho e gostou do que viu, apesar de o cabelo ainda estar meio molhado depois do banho. O dia sob o sol também tinha deixado o rosto levemente vermelho, mas não estava ardendo. Parecia até que fora à praia.

— Agora você só precisa ir — disse para o próprio reflexo. A Marina do espelho a encarava de testa franzida, tensa com o que viria a seguir. Sem muita coragem para dar continuidade ao plano, apelou para o método da contagem novamente. Respirou fundo. — Cinco... quatro... três...

E saiu antes de chegar no número um.

A casa de Guilherme não ficava muito longe, eram apenas quinze minutos caminhando. Ela já havia feito aquele percurso muitas vezes até a casa de Carol, que ficava a algumas quadras da casa do namorado. Durante o trajeto, agradeceu a existência do horário de verão — o sol começava a se pôr, mas o céu estava claro e o movimento de carros ainda era intenso. Isso a deixava um pouco mais segura para andar sozinha.

Ao chegar na casa do namorado, parou no portão sem muita ideia do que fazer. Marina não havia planejado o que aconteceria depois que saísse de casa, simplesmente seguiu o impulso e agora estava parada encarando o jardim bem-cuidado. Ponderou se deveria ligar ou mandar uma mensagem, avisando que estava ali, mas lembrou que era uma surpresa.

O portão não era trancado e a porta dos fundos costumava ficar apenas encostada durante o dia quando os pais de Guilherme não estavam em casa. Ela não ouviu nada enquanto caminhava sem fazer barulho em direção à porta da cozinha. *Provavelmente está dormindo*, pensou. Um gato cinza descansava, pleno, no degrau que dava acesso à entrada; ele levantou a cabeça quando percebeu a aproximação de Marina e soltou um miado em reconhecimento, deixando que a garota acariciasse seu pescoço. Logo em seguida, voltou a dormir. *Gatos*.

Como imaginara, assim como o portão, a casa também não estava trancada. Ela entrou em silêncio e fechou a porta atrás de si com cuidado. As dobradiças rangeram e ela xingou baixinho, torcendo para que Guilherme não tivesse escutado. Esperou atentamente, mas não ouviu nada. Então abandonou a mochila em cima da mesa e seguiu em direção ao quarto dele.

Dois anos de namoro e ela só havia estado na casa de Guilherme umas poucas vezes. Em apenas duas esteve no seu quarto, mas foi o suficiente para que soubesse que direção tomar. Subiu a escada que dava acesso aos quartos no segundo piso com cuidado e dali conseguia ouvir alguns murmúrios. A porta do quarto de Guilherme estava entreaberta e uma pontada de nervosismo tomou conta de seu peito. Ela estava ali. Ela faria aquilo. Era o certo. *Certo?*

Os sons ficaram mais altos conforme Marina se aproximava do quarto. Agora conseguia entender algumas palavras.

— Mais forte! — uma voz feminina suplicava.

O pedido bastou para que os rangidos da madeira batendo ficassem mais acelerados e os gemidos seguissem no mesmo ritmo, seguidos pelo som de um tapa. Marina parou antes de chegar à porta, quando percebeu o que estava acontecendo. Outro tapa e mais gemidos.

— Você gosta quando eu faço isso, né?

Era a voz de Guilherme, num tom bem diferente do que ela costumava escutar.

— Hein? — ele continuou.

Marina deu um passo à frente para espiar pela fresta da porta. Ela reconheceu o namorado de costas. Ele estava de joelhos em cima da cama, penetrando uma garota de quatro, que gemia alto a cada movimento que Guilherme fazia em sua direção. Os cabelos loiros da garota cobriam seu rosto, então Marina não conseguiu identificar quem estava ali, na cama dele, trepando com ele.

Aquela cena a paralisou. Deveria sair dali ou confrontá-lo, mas simplesmente não conseguia deixar de assistir o que estava acontecendo. A única fonte de luz fraca vinha da janela e iluminava apenas a cama, deixando Marina na penumbra. Quando um último gemido forte de êxtase escapou de Guilherme, ele fez um movimento para que a garota se virasse, e enfim gozou extasiado em cima da barriga, nos seios e no rosto dela.

Foi quando Marina a reconheceu. O susto foi imediato. Era Carol.

Carol, sua melhor amiga.

— Ah, não, Guilherme — reclamou. — Vou ter que me limpar toda de novo.

— Se você engolisse, não teria problema — respondeu ele, dando de ombros e saindo de cima dela.

— Ha-ha — ela ironizou.

Guilherme só viu Marina quando se aproximou da porta e acendeu a luz. O rosto da namorada ficou iluminado, e o choque foi instantâneo. Ela o encarou, o semblante confuso, como se ele fosse uma das fórmulas de matemática da última prova que ela não conseguira entender. *Por quê?*

— Marina... — murmurou ele, baixinho, dando um passo na sua direção.

A garota se afastou rapidamente, levantando as duas mãos, enojada. Como ele ousava se aproximar depois do que havia acabado de fazer? Com esse cheiro... o suor escorrendo pelo peito nu... todas as provas possíveis da traição dele.

— Mas o que... — Carol se aproximou da porta para saber por que Guilherme estava parado ali. — Marina?

Era demais. Aquela cena era horrível. Ela deu meia-volta e saiu correndo em direção à porta da rua. Pegou a mochila e quase tropeçou no gato que continuava dormindo tranquilamente na escada.

Marina ainda conseguiu ouvir Guilherme chamar, aflito, mas o ignorou completamente. Ela estava em vantagem, porque ele não sairia correndo pelado pela rua. Correu o mais rápido que pode em direção à avenida principal do bairro. Não fazia ideia do que fazer. Não podia ir para casa. Já estava escuro e não tinha para onde ir. Ao chegar numa praça na frente do shopping, a parte mais iluminada da avenida, ela se jogou em um dos bancos. *O que diabos estava acontecendo?*

Seu celular não parava de tocar e apitar com ligações de Guilherme e mensagens de Carol. Por pouco não jogou o aparelho no asfalto, mas sabia que o prejuízo seria dela. Respirou fundo e tentou organizar as ideias. Era difícil porque as memórias de alguns minutos atrás voltavam e voltavam à sua mente em *looping*. Sua cabeça latejava, mas por algum motivo ela não estava chorando. Simplesmente não conseguia. Não dava para entender.

Aos poucos, a respiração foi desacelerando e Marina enfim se acalmou. Só precisava analisar as opções. Foi aí que se lembrou da mentira que contou para a mãe. Ela iria para a casa de Ludmila. Um riso irônico escapou. Nem mesmo quando contava mentira conseguia de fato mentir. Mandou uma mensagem para a garota, que respondeu rapidamente mandando a localização da sua casa.

A vantagem de uma cidade pequena era que nada ficava muito longe, então em menos de dez minutos Marina já estava apertando a campainha da casa de Ludmila. A respiração entrecortada denunciava que havia praticamente corrido até a casa da colega... ou amiga? Certamente seria amiga depois de praticamente salvar sua vida.

— Caramba, correu uma maratona, Artiaga? — disse Ludmila assim que abriu o portão para Marina.

A garota apenas assentiu, poupando o fôlego. Ludmila a acompanhou até a entrada da casa e repetiu a clássica "não repara a bagunça", o que fez com que Marina sorrisse ao lembrar que ela havia dito o mesmo havia algumas semanas.

— Hum, quer água ou algo assim? — perguntou Ludmila, em dúvida do que fazer para deixar Marina mais calma.

— Água está bom, por favor — murmurou Marina enquanto se sentava à uma pequena mesa quadrada no canto da cozinha.

— Aqui não temos uma cozinha tão grande, mas dá pro gasto — avisou Ludmila, comparando a cozinha da casa com a da de Marina. Pegou um copo grande de água gelada e o deu para a menina, enquanto sentava em cima do balcão, ao lado da geladeira. — E aí, o que aconteceu? Deu ruim com o *príncipe*?

Marina percebeu a aversão de Ludmila ao mencionar Guilherme. Por um momento, sentiu-se obrigada a defendê-lo, mas depois lembrou o que havia acabado de acontecer. Ela não precisava mais arrumar desculpa nenhuma.

— Para ele, acho que não — respondeu Marina. — Na verdade, ele se deu bem pra caramba.

Ludmila levantou as sobrancelhas, aguardando explicações.

— Dei de cara com ele transando com a Carol. Foi bem... intenso.

Marina se surpreendeu com o tom tranquilo com que contou para Ludmila sobre a traição do namorado. O choque foi mais perturbador do que o que tinha acontecido em si. Perder a confiança era uma droga, mas, de certa forma, ela se sentia... aliviada. Como se Guilherme fosse um peso que ela nem sabia que estava suportando.

Ludmila encarava Marina como se ela fosse uma receita que ela não soubesse muito bem no que ia dar. Por que parecia tão tranquila? Será que ela deveria criticar o Guilherme? Ou a Carol? Elas nem eram amigas, eram? Sempre gostou de Marina, mas a garota nunca foi muito receptiva. Não sabia como agir em seguida. Por isso apenas aguardou.

— Talvez até esperasse isso do Guilherme — continuou Marina. — Foi a Carol que me deixou mais impressionada. Nós somos... éramos amigas, sabe? Ela era minha melhor amiga há muito tempo! — Começou a estalar os dedos e parou de repente. — Será que esse tempo todo ela estava dando pro meu namorado?

Ludmila deu de ombros. Será que deveria mencionar que Guilherme já tinha dado em cima dela também? Achou melhor ficar em silêncio.

— Bom... — Marina suspirou. — O Ensino Médio tá acabando, não é como se alguma coisa fosse durar depois disso.

— Você tá parecendo bem... conformada.

Marina riu. Ela realmente estava se sentindo assim. E aliviada, também.

— É que... pensando mais claramente, vi que vai ser uma coisa a menos pra me preocupar. — Ela se encostou na cadeira. — Não é como se eu gostasse tanto assim do Guilherme. Eu só estava com ele porque parecia certo e nunca tive muita paciência para terminar. Ele facilitou as coisas pra mim.

Ludmila assentiu. Era bem estranho esse comportamento de Marina. *Será que ela estava em estado de choque?* Esperava que a garota começasse a chorar a qualquer momento. Não existia algo tipo os estágios do término, ou algo assim? Ela nunca tinha terminado um namoro, porque nunca havia começado um. Teve o que chamam de *rolos bem enrolados*, nada sério, com meninos e meninas. Era divertido aproveitar a adolescência, teria muito tempo para se preocupar com um relacionamento sério no futuro.

— Então, você mora sozinha ou algo do tipo? — a pergunta surpreendeu Ludmila.

— Hum, não. Meus pais vão chegar a qualquer momento. Foram em um jantar da igreja ou algo assim.

— E por que você não foi?

— Digamos que as pessoas que vão nesses jantares não gostam muito de gente como eu...

Marina franziu a testa. Não fazia ideia do que Ludmila estava querendo dizer.

— Eu sou bissexual, sempre fui, desde que consigo me lembrar — Ludmila esclareceu logo. — Eles acham que estou sendo influenciada pelo diabo e faço isso para irritar meus pais.

Marina não sabia como responder. Não é como se ela tivesse parado para pensar sobre a sexualidade de Ludmila ou coisa do gênero. Na verdade, nunca tinha pensado muito nisso. Não à toa seu namoro era aquela bela bosta. Ela entendia zero sobre relacionamentos.

— Eu sei... não dou *pinta*.

— Não, é que...

— Relaxa, tô pegando no seu pé.

— Como você... descobriu?

Ludmila deu de ombros.

— Eu só tive vontade. Não vem como uma grande revelação nem nada do tipo. É algo bem natural, na verdade. Sempre tive uma conversa muito aberta com meus pais, então nunca retraí qualquer sentimento *incomum*.

Marina abaixou a cabeça, pensativa. As duas ficaram em silêncio por algum tempo. Ludmila imaginou que a garota estava tentando assimilar tudo que havia contado, além do que havia descoberto sobre o ex-namorado, mas na verdade Marina estava pensando em algo muito mais pessoal.

— Seus pais não se importaram? — Marina perguntou depois de um tempo. — Eles são da igreja, né?

Ludmila assentiu.

— Eles vão à igreja, mas têm interpretações bem pessoais da Bíblia. Não foi um grande problema para eles.

Num timing perfeito, a porta da cozinha se abriu e um casal entrou equilibrando uma caixa de pizza.

— Ah, oi! — o homem meio careca cumprimentou Marina e depois olhou para a filha. — Trouxemos pizza!

— Ué, e o jantar?

— Não conseguimos aguentar tanta hipocrisia hoje. — A mulher fez um gesto de dispensa com as mãos. — Uma pizza é bem melhor!

Então ela olhou para Marina e depois para a filha, com uma expressão interrogativa.

— Mãe, pai... essa é a Marina Artiaga, a líder da comissão de formatura — apresentou. — Tudo bem se ela dormir aqui hoje?

A mãe da Ludmila sorriu e assentiu.

— É claro! Seja bem-vinda. — A mulher sorriu para Marina. — Agora vamos ao que interessa: a pizza!

4 semanas para a formatura

Sábado pela manhã era o único dia em que Darlete podia acompanhar a filha para comprar o vestido de formatura. Elas tinham um orçamento e precisavam respeitá-lo. Para sua sorte, Marina nunca foi uma garota exigente com marcas ou roupas caras; na verdade, sempre se mantivera um degrau abaixo do limite que a mãe estabelecia.

— Não vai dar certo — resmungou Marina sentada em um banquinho na quarta loja que haviam entrado. Era no shopping, um pouco mais cara do que as outras três. — Eu não vou encontrar um vestido legal.

Marina não era pessimista; Darlete contava nos dedos quantas vezes viu a filha desistir de algo sem antes tentar ao máximo. Por isso, não entendia seu comportamento.

— É claro que vai, Nina — incentivou, usando o apelido de infância propositalmente. Isso só fez com que os olhos da garota se enchessem de lágrimas. — Você não deveria dar tanta importância assim para esse vestido.

Darlete se arrependeu do que falou assim que a última palavra saiu da sua boca. Marina levantou em um rompante e encarou a mãe com severidade. O rosto estava marcado por uma mistura de tristeza e ressentimento. Ela não estava mais conseguindo se conter, e as palavras simplesmente saíram num rompante.

— É a minha formatura — disse Marina, chamando atenção dos clientes e funcionários da loja. A atendente inclusive evitou se aproximar com as novas opções de vestido que havia encontrado. — Eu passei três anos seguindo todas as regras do acordo que a gente fez. Fiz *tudo* certinho. — A mãe mordeu os lábios para não citar uma ou outra coisa que ainda desaprovava no comportamento da filha. — E você acha que isso não tem importância? Estou me dividindo em dez para que essa formatura aconteça. Fiz o ENEM, fiz o vestibular... — Marina pensou na bomba na prova de matemática que havia feito essa semana, mas lidaria com isso mais para frente. — Por favor, não me peça para deixar de dar importância pra algo que *realmente* é importante pra mim. Uma das poucas coisas que *ainda* é importante pra mim.

A mãe abriu a boca para falar, mas desistiu logo em seguida. Lembrou que ali não era lugar para discutirem sobre isso. Conversariam quando chegassem em casa.

— Vamos pra casa... — disse com uma doçura cuidadosa, como se tentasse acalmar uma fera, porque era assim que estava enxergando a filha naquele momento.

Darlete convivia com adolescentes havia muitos anos, mas nunca precisou se preocupar de fato com a única adolescente que tinha a responsabilidade de educar em casa. Chegara a pensar que havia ganhado na loteria ou que estava sendo recompensada pelos alunos que necessitavam de maior atenção e cuidado todos os dias, já que não encontravam o mesmo apoio em suas famílias.

— Eu não vou pra casa — respondeu Marina com tranquilidade, num estado de torpor, enquanto pegava os vestidos que estavam dentro do provador e colocava em cima do balcão mais próximo em um gesto de gentileza para a atendente que ainda acompanhava a discussão, à espreita.

— Aonde você vai? — perguntou a mãe, ironizando. — Vai se encontrar com o Guilherme? Não gosto nada disso. Sei que os pais dele viajaram de novo. Que falta de responsabilidade! Não perdem um minuto sequer cuidando do filho!

Marina balançou a cabeça, sem acreditar.

— Não. Não vou ver o Guilherme — disse com firmeza, a memória da última semana invadindo sua mente. — Sabe o motivo, mãe? Adivinha? Nós terminamos! Você sabia disso? Não sabia, né? Porque você não *perde tempo* prestando atenção em mim!

A garota pegou a bolsa e saiu da loja sem olhar para trás. Sabia que provavelmente teria que se entender com a mãe quando chegasse em casa, mas não lidaria com aquilo naquele momento. Só queria sumir. Sua cabeça estava uma confusão desde a semana anterior. Eram tantas coisas para assimilar, sentimentos de que nunca havia se dado conta e ainda precisava se preocupar com todas as pendências do colégio...

Ela não se reconhecia mais. Não sabia se o que queria era real. Mas precisava descobrir, ou não conseguiria continuar sem explodir.

3 Semanas para a formatura

A última semana de provas não foi o suficiente para parar as três turmas do terceiro ano. Mesmo com duas provas na segunda-feira, a maioria dos alunos veio pronta para as férias de verão como o mico da semana. Roupas de banho não eram permitidas, mas os acessórios estavam fazendo sucesso.

Várias garotas desfilavam pelos corredores com boias de *donuts*, unicórnios ou flamingos a tiracolo. Os garotos optaram por bolas de plástico, pés de pato e *snorkels*. Linhas de protetor solar no rosto também complementavam o visual. Era um dos micos mais legais que haviam feito até agora. A maior parte dos acessórios veio por patrocínio do *paraninfo* da formatura, um empresário, dono dos maiores empreendimentos da região e do único shopping da cidade. *Um presente para as férias*, disse ele.

Seu interesse pelos alunos despertou depois do mutirão de lavação de carros. Ele ficou sabendo do sucesso e quis conhecer os adolescentes por trás da empreitada. O convite para paraninfo veio da diretora do colégio, e ele acabou aceitando. Os alunos não reclamaram — ter um cara tão famoso na cidade como paraninfo da formatura era algo que não esperavam. E seria uma vantagem a mais para jogar na cara dos alunos dos colégios rivais.

É claro que não faltaram fotos para o Instagram e vídeos divertidos para serem publicados nas redes sociais. Nenhum dos outros colégios estava fazendo tanto barulho. Inclusive, algumas pessoas já começavam a pedir convites para o baile de formatura do Ramos. Isso indicava a popularidade. Quanto mais cedo começavam os pedidos, mais esperada era a festa. É claro que a maioria não se concretizava, mas ainda assim a tradição sempre se cumpria.

Durante as provas finais, os acessórios do mico precisaram ser abandonados, apesar de algumas reclamações. Era óbvio que nenhum professor deixaria alguém fazer a prova com tantos lugares para guardar cola.

A semana foi intensa, mas serviu para reforçar o espírito do terceiro ano. Pela primeira vez, os alunos das turmas começavam a se misturar no intervalo. Depois de trabalharem em conjunto no mutirão, grupos de alunos juntavam mesas e conversavam sobre qualquer assunto em comum. Algo totalmente impensável no começo do ano, quando o costume era a rivalidade ou o desinteresse. Um esforço em comum serviu para unir pessoas totalmente diferentes.

As garotas da comissão tomaram um susto ao entrar na lanchonete e ver todo mundo misturado. Nem mesmo os alunos do primeiro e segundo anos acreditavam no que estavam vendo. Encaravam com curiosidade, se perguntando se era algo comum com a aproximação da festa. Marina se indagou se isso inspiraria algo para o próximo ano. Com certeza, facilitaria a vida da próxima comissão de formatura.

— Fizemos um milagre aqui — declarou Poliana ao observar mais uma vez os alunos, e se sentar com o lanche a sua frente.

Aquele não era dia de venda de bolo, então resolveram tirar uma folga por conta das provas. A lavação de carros tinha arrecadado três vezes mais do que imaginaram, aliviando um pouco a pressão.

— Vou sentir falta disso — disse Sofia, com a cabeça debruçada sobre as mãos, com um ar nostálgico. — Sabem como é... apesar de tudo.

As outras cinco garotas concordaram com Sofia. O terceiro ano foi um inferno, mas também marcou a vida de cada uma delas. Ninguém esqueceria.

2 semanas para a formatura

A última semana do Ensino Médio não começou como Marina imaginava. Na verdade, ela já havia levantado mal-humorada na segunda-feira e nem um pouco a fim de ir para o colégio. Se não tivesse tanta coisa para resolver da formatura, com certeza teria arrumado uma desculpa para ficar em casa. Ela sorriu ao pensar em matar sua primeira aula na última semana, será que contaria para a lista de coisas que adolescentes normais fazem, mesmo que um tanto atrasada?

Darlete e Péricles já conheciam o olhar do "não mexe comigo" de Marina, e por isso mal dirigiram a palavra a ela, além de um cauteloso bom-dia que não foi respondido. O clima entre mãe e filha ainda estava meio abalado depois da discussão no shopping, mas, desde então, Darlete estava mais atenta e carinhosa.

A garota nem teve paciência para se arrumar, apenas prendeu o cabelo em um rabo de cavalo para tentar aplacar o volume que se formou por ter dormido de cabelo molhado, e fez uma careta para o espelho quando viu seu reflexo. *Foda-se.*

— Hum, o que aconteceu com você, Artiaga? — perguntou Diana assim que encontrou Marina na entrada do colégio.

As garotas da comissão eram suas únicas companhias nos últimos dias, já que havia perdido de uma só vez o namorado e a melhor amiga. Carol tentou falar com Marina algumas vezes, mas sem muito entusiasmo, como se não quisesse de fato recuperar a amizade que tinham, seja lá qual fosse. Marina cogitou que elas só eram de fato amigas porque assim Carol ficaria mais perto de Guilherme. *Que perda de tempo.*

Guilherme foi mais insistente. Ligou várias vezes e mandou incessantes mensagens durante a última semana. Porém, agora havia mudado de estratégia. Não estava acostumado a ser rejeitado, portanto assumiu a postura de quem na verdade havia feito algum tipo de caridade namorando Marina por aquele tempo todo.

— Acho que ela nem gosta de pau. — Marina havia escutado ele falar na última sexta-feira durante o intervalo para um grupo de pessoas na mesa ao lado. Como ela estava de costas, Guilherme não viu sua expressão de choque ao ouvir aquilo. Porém, sua postura tensa entregou que ela havia escutado, e foi o suficiente para que ele continuasse. — Ainda bem que eu aproveitava como podia.

A garota não sentia falta dele. Nem um pouco. Os últimos dois anos pareciam um borrão quando ela pensava em seu relacionamento. Marina se culpou inclusive por não ter terminado antes — ou por ter começado e insistido numa mentira. Com certeza, teria aproveitado o tempo de maneira melhor. Quem sabe conhecido alguém que realmente fizesse seu coração pular no peito ou aquela baboseira de borboletas no estômago?

Então não foi a mudança de comportamento de Guilherme que fez Marina chorar durante todo o final de semana e acordar de cara virada na segunda-feira, mas sim a frustração porque aguentou tanta coisa só por achar que as outras pessoas esperavam isso dela. Por ter aguentado a humilhação de ser traída pelo ex-namorado e pela ex-melhor amiga. Ela não conseguia se lembrar da cena que viu no quarto dele sem ficar enjoada.

— Quer sair daqui? — Ludmila sussurrou em seu ouvido, quando percebeu que Marina havia escutado todas aquelas merdas. A resposta foi um ligeiro movimento negativo de cabeça. A última coisa que ela queria fazer era dar o poder de Guilherme humilhá-la mais.

Em uma segunda tentativa, Ludmila aproximou a cadeira e passou o braço esquerdo por cima dos ombros de Marina, puxando-a para um abraço estranho. As duas haviam ficado um pouco mais próximas desde aquele dia que Marina passara a noite em sua casa. O gesto de carinho quase fez Marina chorar.

— Ah, tá explicado... — Guilherme falou um pouco mais alto, para que mais pessoas além do grupo ao redor da mesa escutasse. — Ela curte é colar velcro mesmo.

Marina sentiu a postura de Ludmila mudar, mas antes que a amiga pudesse dizer qualquer coisa, foi Sofia quem se levantou para defendê-las.

— Qual é o seu problema, piroca atrofiada? Vai arrumar um buraco de fechadura e para de encher a porra do saco. Ninguém te aguenta!

Guilherme gargalhou e o grupo ao seu lado na mesa acompanhou em apoio.

— Foi por isso que criaram esse grupo só de mulheres? — ele perguntou com um sorriso cortante e os olhos brilhando de raiva. — Sabia que não poderia ser boa coisa, vocês sozinhas e por tanto tempo juntas. — Guilherme cruzou os braços e levantou uma das sobrancelhas. — Poderiam convidar a gente pra assistir, pelo menos.

A discussão já tinha a atenção de todos que estavam na lanchonete. Ninguém ousava fazer barulho para não perder nenhum detalhe. Os olhos de Sofia só faltavam saltar das órbitas. Foi aí que as outras cinco garotas se levantaram para apoiá-la. Quando Marina se virou em direção a Guilherme, fez questão de não demonstrar nem um pingo de tristeza; ergueu os ombros e encarou o garoto com descrença. Como ela nunca tinha visto quem ele era de verdade?

A postura de Guilherme vacilou um pouco diante da expressão firme da ex-namorada, mas ele se segurou ao máximo para não demonstrar. Carol, que estava ao seu lado, colocou uma das mãos em seu ombro para apoiá-lo. Marina não sabia que ela estava ali também, mas, assim que viu o movimento, se deu conta de que formavam um casal perfeito.

— Ah, olha só que bonitinhas... vão me bater agora? Cuidado pra não quebrarem a unha.

Antes que qualquer uma das garotas pudesse responder, um movimento inesperado começou a se formar no grupo de alunos que assistia. Primeiro uma, depois duas, mais quatro... Em pouco tempo, praticamente todas as garotas que estavam na lanchonete se levantaram. Algumas cruzaram os braços, outras só olhavam com repulsa para a mesa de Guilherme. O garoto engoliu em seco depois de ver o que estava acontecendo, mas logo voltou a olhar para Marina com seriedade.

Ela podia ver que ele a culpava. Estava jogando nela a responsabilidade por todas as consequências do que *ele* havia feito. Para ela já não era novidade, só que dessa vez entendia muito bem o que estava acontecendo e não deixaria que ninguém controlasse seus sentimentos nem a diminuísse.

Quando o professor Celso se encaminhou para a sala dos professores, passou pela entrada da lanchonete e estranhou o silêncio que vinha lá de dentro, e mais ainda o grupo de mulheres com expressões nem um pouco contentes olhando diretamente para uma mesa específica.

— O que está acontecendo aqui? — perguntou, olhando de um lado para o outro.

O silêncio ainda perdurou algum tempo até que as posturas relaxaram, e as garotas voltaram a se sentar sem dizer uma palavra. Uma lei não dita tinha ficado bem clara para todas aquelas mulheres.

Só poderiam confiar nelas mesmas.

1
Semana para a formatura

Faltando uma semana para a formatura, a comissão ainda tinha muita coisa para resolver. Conseguiram arrecadar o necessário para alugar um salão de festas, mas não era nem de perto o que sonharam quando começaram a planejar tudo no começo do ano, antes do roubo do dinheiro. O local era simples, mas, com um pouco de esforço na decoração, ficaria extremamente agradável.

— Poderíamos fazer mais um mutirão para decorar tudo — sugeriu Sofia, quando foi levantado o problema de não ter dinheiro para pagar uma produtora. Os olhos da garota brilharam com a possibilidade de deixar a sua última marca artística no Ensino Médio. — Tipo aqueles filmes americanos quando fazem Baile de Inverno etc. Meu sonho sempre foi ter armários nos corredores, mas me contento com um pouco de papel, tinta e criatividade.

Ela riu, mas as garotas sabiam que não estava conseguindo se manter na cadeira de tanta animação para colocar logo a mão na massa.

— Será que a galera vai topar ajudar agora que as aulas acabaram? — perguntou Diana, insegura.

— Vocês se lembram da vez em que todas aquelas garotas levantaram durante o intervalo? — perguntou Sofia. — É óbvio que as pessoas vão ajudar. A gente formou, tipo... um laço. Eu senti. Vocês não sentiram? Nossa, eu me arrepio só de lembrar.

Ela indicou um dos braços para que as outras vissem que realmente falava a sério.

— Certo, então cada dupla pode convocar a sua sala? — Marina estava com um de seus caderninhos e anotava freneticamente as próximas tarefas; agora, tão perto da formatura, aquilo era indispensável. Todas as garotas concordaram com a cabeça. — OK, então temos um problema bem grande agora...

Os gemidos desanimados vieram logo em seguida.

— Será que a gente só tem pepino pra resolver? — Poliana massageou as têmporas. — Vou precisar de férias de seis meses depois da formatura.

Marina sabia que todo mundo já estava cansado. Mas estava tão perto! Não poderiam desanimar agora.

— Não temos DJ — ela falou rapidamente.

— Como assim, não temos DJ? — Sofia olhou desacreditada para Marina. — Se não tiver DJ, não tem nem por que fazer festa!

Marina balançou a cabeça e respirou fundo.

— DJ é muito caro e os que pelo menos sabem tocar alguma coisa legal a um preço melhor já foram contratados para outras festas no dia.

— Acabou... — murmurou Sofia.

Flavia, que ainda não havia se manifestado na reunião, pigarreou para chamar atenção e tirou o fone de ouvido, que sempre ficava pendurado.

— Er... — começou, incerta. — Eu sei tocar alguma coisa.

Os cinco rostos a encararam sem muita expectativa.

— É meio que... faço isso no meu tempo livre.

— Não sei... — disse Poliana, o que fez com que Flavia afundasse mais na cadeira. — Nada contra, sabe como é. Só que precisamos de alguém profissional, que sustente a festa inteira...

— Você sabe usar as mesas e aquela aparelhagem toda? — perguntou Marina, interrompendo Poliana.

Flavia assentiu.

— Inclusive consigo de graça ou alugar por um preço baixo — sugeriu, na tentativa de convencer as garotas.

Isso chamou a atenção de Diana.

— De graça é bom.

— DJ e equipamento de graça é muito bom — complementou Marina, sorrindo.

— Acho que podemos fazer um teste antes — sugeriu Sofia. — Que tal uma festa de despedida na sexta-feira, e assim a Flavia mostra o que sabe fazer?

Marina ergueu as sobrancelhas para Flavia. Dependia da amiga aceitar, e ela esperava que o teste não a ofendesse. A formatura dependia de um bom DJ. Flavia cruzou os braços e levantou uma das sobrancelhas.

— Eu topo — confirmou, confiante.

— Só uma coisa, não temos dinheiro pra pagar várias coisas da formatura, quanto mais uma festa de despedida — lembrou Marina.

— Vou falar com a minha mãe — disse Sofia, pegando o celular para digitar uma mensagem. — Tenho certeza de que rola de fazer lá em casa. Daí é só cada um levar bebida e comida e fica tudo certo. — Ela digitou algo, clicou em enviar e depois deixou o celular em cima da mesa. — Agora é só esperar.

Não demorou muito para que a mãe de Sofia confirmasse a festa. Ela não só aceitou ceder a casa, como ficou muito animada com a possibilidade de estar no meio de tantos jovens.

— Minha mãe parece a mãe da Regina George de *Meninas Malvadas* — alertou Sofia. O que surpreendeu Marina, porque, antes de conhecê-la, já achava a menina muito parecida com a personagem. — Sem a parte do silicone e tal. Pensando bem... ela nem é tão parecida assim, só quer se manter jovem enquanto me faz passar vergonha.

A garotas riram e voltaram a conversar sobre outros detalhes que precisavam ser resolvidos antes da formatura. Estavam quase lá!

Flavia realmente sabia o que estava fazendo. Marina, Ludmila, Poliana, Diana e Sofia observaram a amiga tocar de boca aberta, mandando muito bem no som, enquanto a maior parte dos colegas de turma delas dançava ou também prestava atenção na garota com expressões de surpresa. Ela não apenas tinha uma ótima seleção de músicas, sabendo o momento certo de tocar um estilo ou outro, como suas mixagens pareciam mágicas. As músicas se encaixavam perfeitamente.

— E aí, gostaram? — perguntou Flavia, quando resolveu fazer uma pausa depois de mandar uma mixagem que havia deixado pronta para os momentos em que não poderia comandar a mesa.

Ela parecia outra pessoa. Estava com as bochechas coradas e uma roupa totalmente diferente do uniforme sem graça do colégio: um vestido preto, coturnos e uma meia-calça rosa brilhante. O cabelo estava preso em dois coques com alguns fios soltos. O delineado colorido completava o visual.

— Uau — exclamou Sofia.

E a resposta foi suficiente para Flavia abrir um sorriso enorme.

— Está contratada — disse Diana. — Mas sem a parte do pagamento, sabe como é...

Flavia assentiu. Não se importava com o pagamento, mas com a oportunidade de mostrar o seu trabalho. Não poderia deixar de fazer faculdade por causa da exigência dos pais. Ela era a primeira da família de descendentes de índios a entrar na universidade, e isso era importante demais para eles. Mas a menina também gostaria muito se pudesse começar a tocar nas festas da cidade para, quem sabe um dia, se tornar uma referência nacional — ela respirava música e queria que as pessoas sentissem a mesma *vibe* que ela. E era isso que Flavia faria naquela noite.

A casa de Sofia não era muito grande, mas tinha um quintal espaçoso o suficiente para os formandos convidados para a festa. Cada um trouxe um pouco de comida e bebida que iriam consumir, então ninguém precisou se preocupar. Assim como haviam agido na lanchonete, todos os alunos estavam interagindo, formando grupos totalmente inesperados. Muitos dançavam, batiam papo, jogavam truco, e alguns poucos casais acabaram se formando nos cantos mais escuros do quintal.

— Vou sentir muita falta, sabe? — comentou Ludmila. — Não só da cidade, mas das pessoas. — Ludmila mudaria de cidade assim que recebesse os resultados do SISU e do vestibular.

Minha alma é do mundo, tinha dito ela no dia em que Marina dormiu na sua casa. *Tenho muito o que ver ainda.*

No dia, Marina sentiu um pouco de inveja do sentimento de liberdade que a garota transmitia. Como se nunca precisasse dar satisfação para ninguém, apenas sonhar com o mundo que ela desejava. Talvez um dia Marina chegasse nesse patamar de desapego em relação à opinião dos outros.

— Até eu vou sentir falta — comentou Poliana com estranhamento, chamando a atenção de Marina, que estava perdida nos próprios pensamentos. — E olha que eu sempre odiei o Ensino Médio.

— Acho que todas nós odiamos um pouquinho, pelo menos nesses últimos meses — lembrou Sofia. — Eu quase fiquei louca.

As garotas riram.

Elas quase piraram *mesmo*.

— O bom é que ficamos amigas — declarou Diana. — Acho que eu nunca tive amigas de verdade no Ensino Médio.

— Acho que eu também não — murmurou Marina, lembrando-se da melhor amiga que não passou de uma falsa.

— Ah, mas todos gostam de você — lembrou Flavia, e um sentimento estranho tomou conta de Marina. Ela nunca soube se as pessoas de fato gostavam dela ou se na verdade a tratavam bem por ser filha de uma das professoras do colégio. Apenas Carol parecia ser sua amiga de verdade, mas isso acabou se provando uma ilusão.

— É diferente — disse Marina. Não esperava que as garotas entendessem.

— Ei, Flavia! — Paulo, um colega de turma de Marina, se aproximou do grupo, interrompendo a conversa. — Você toca muito bem! Será que eu podia dar uma olhada na sua playlist?

Flavia abriu um sorriso enorme e se levantou rapidamente.

— Ei, eu... hum já volto... — avisou às amigas, com as bochechas ruborizadas.

— Não precisa ter pressa — lembrou Ludmila quando a outra se afastou, entrando numa conversa com o garoto sobre *house*, *techno* e *underground*. Nenhuma delas fazia ideia do que eles estavam falando.

— Vai ser foda, né? — disse Poliana. — A formatura. Pela primeira vez, sinto que vai dar tudo certo.

— Vai — concordou Marina, mais como um pedido do que uma certeza. — Vai ser foda.

O grande dia

Quando Marina apareceu na sala, pronta para a cerimônia de colação de grau, não imaginava a reação dos seus pais. Os olhos de Péricles se encheram de lágrimas e ele abriu um sorriso enorme, enquanto Darlete cobriu a boca e arregalou os olhos.

— Minha menina... — disse o pai ao se aproximar. Pegou em suas mãos e incentivou que ela girasse; seu vestido fez um movimento de leve nas bordas, formando ondas azuis que ganharam vida.

Foi Ludmila quem salvou sua vida com o vestido. Marina não sentiu a mínima vontade de continuar procurando depois da briga com a mãe, e acabou se envolvendo com várias obrigações da comissão de formatura nos últimos dias de aula. Porém, na semana anterior, havia recebido uma mensagem de Ludmila que primeiramente havia lhe deixado com raiva.

< Ludmila Lancellotti >
Encontrei o vestido perfeito, Artiaga!

A vontade de Marina era responder "Obrigada por jogar na minha cara que encontrou um vestido enquanto eu provavelmente vou de uniforme". Mas logo recebeu outra mensagem, seguida de uma foto, que substituiu a indignação por uma pontinha de esperança.

< Ludmila Lancellotti >
O vestido é a sua cara! E é azul! Azul é a sua cor, eu tenho certeza.

Azul realmente era a cor favorita de Marina, e aquele vestido era fantástico. Não era só azul, mas também tinha um *dégradé* que fazia com que as pontas do vestido terminassem na cor branca. Parecia o mar.

< Marina Artiaga >
É... perfeito!

< Ludmila Lancellotti >
Eu sabia! Tô guardando pra você aqui na loja. Vem logo provar!

Era incrível como as duas vinham se aproximando nas últimas semanas e como Ludmila era observadora o bastante para entender exatamente o que Marina queria. Inclusive o que nem ela sabia que queria. Nunca ninguém a havia entendido tão bem.

Foi só quando Marina deu dois passos na direção da mãe, alisando o vestido e voltando a olhar Darlete, que esta foi tomada pela emoção. Até então Darlete não sabia se seria melhor se aproximar ou se deveria aguardar uma abertura de Marina, pois a relação das duas continuava abalada desde o incidente da loja.

— Você está incrível, Nina — elogiou e mordeu o lábio de leve para segurar as lágrimas. A garota sabia que dependia dela reconstruir o laço com a mãe, portanto tomou a iniciativa de puxá-la para um abraço, o que foi o suficiente para que seus olhos se enchessem de água. — Desculpa, filha...

Marina engoliu em seco para afastar o bolo que tinha se formado na garganta; a mãe nunca havia pedido desculpas por nada... Ela balançou a cabeça para que a mãe não pensasse mais naquilo.

— Vamos começar uma nova fase.

A mãe assentiu e sorriu. De repente, notou que a mulher que estava na sua frente não era mais a menina que tentou cuidar ao máximo. Ela havia crescido e trilharia o próprio caminho. Estava na hora de deixá-la voar.

— Se a gente não sair exatamente neste minuto — Péricles olhou para o relógio —, vamos chegar atrasados na formatura.

— Essas coisas sempre atrasam — disse Darlete antes de pegar sua bolsa sobre o sofá. — Mas vamos logo... estou ansiosa pra ver como ficou a decoração.

Foram dois dias de muito trabalho. As garotas e todos os formandos realmente se empenharam em fazer a melhor formatura possível. Até mesmo Guilherme e Carol apareceram e fizeram sua parte. Ludmila fez questão de deixar Marina bem longe dos dois, por isso pediu para que Poliana dissesse ao casal o que deveria ser feito.

— Ah, deixa comigo! — A garota sorriu maliciosamente, planejando dar as tarefas mais chatas para eles, como varrer e passar pano no chão toda vez que alguém o sujasse de tinta ou com pedaços de papel picado. Talvez algumas meninas tenham sujado o salão um pouco mais do que o esperado "sem querer".

Sofia conseguiu impressionar mais uma vez com seu bom gosto para decoração. Poliana, a mais cética de todas, imaginou que não teria como ser muito mais que uma grande festa de aniversário dos anos 2000, com muito papel crepom e balões cafonas. Mas teve que engolir a descrença quando colocou os pés dentro do salão. O tema escolhido tinha sido Castelo Medieval, com direito a estandartes e um brasão da Turma 2018 pendurados no teto, pedras simulando uma construção no palco e castiçais, talheres e taças de metal em cada mesa redonda para os convidados. O salão escolhido para a formatura tinha grandes janelões de vidro, que complementavam a atmosfera, dando veracidade à decoração.

Como o baile seria no mesmo espaço, todos os convidados já foram organizados em mesas e cadeiras de madeira, enquanto os formandos ficariam sentados no centro durante a cerimônia. Depois as cadeiras seriam retiradas. Por escolha dos alunos, não dividiram por salas. Todos seriam chamados em ordem alfabética, como se fossem uma grande turma de noventa alunos.

O protocolo foi seguido com discursos da diretora, paraninfo e professor homenageado. De última hora, todos os alunos escolheram Marlene para receber a homenagem. Sofia acabou se empolgando na temática e preparou uma espécie de troféu em formato de cajado.

— Nada mais apropriado que o cajado de Merlin — argumentou enquanto todas as garotas a encaravam com uma expressão de surpresa. — O que foi? Andei fazendo umas pesquisas depois de vocês falarem que parecíamos os Cavaleiros da Távola Redonda.

Os oradores também passaram pelo púlpito. Na hora da entrega dos diplomas, todos os alunos foram aplaudidos igualmente e fizeram poses para as fotos. O único momento de mistério era a eleição do amigo da turma. A votação era secreta e contabilizada pela diretoria. Os alunos só ficariam sabendo o resultado na hora. Por isso, todos fizeram um silêncio ansioso assim que a cerimonialista — na verdade a orientadora da escola, a senhora Mônica, assumiu a função, porque não havia dinheiro para contratar um profissional — anunciou a entrega da homenagem ao amigo da turma.

— O amigo da turma é uma das homenagens mais especiais que alguém pode receber. A votação aqui não é para o mais inteligente ou para o que teve o melhor desempenho acadêmico. E sim para aquele que de fato se esforçou em ajudar todo mundo, quem lutou pela união e quem, neste caso, assumiu uma responsabilidade que duvido muito que mais alguém teria tanta coragem ou disposição. Para receber a homenagem, gostaria de chamar a aluna Marina Artiaga!

Marina não teria a falsa modéstia de dizer que não havia passado pela sua cabeça que isso pudesse acontecer. Ela de fato assumiu uma responsabilidade que poderia ter custado todo seu futuro. Porém, não conseguiu nada sozinha. Por isso, quando subiu no palco improvisado para receber a homenagem e outro troféu (dessa vez em formato de espada), foi logo ao microfone:

— Eu não acho justo receber essa homenagem...

Alguns murmúrios e risadas de "até parece" foram ouvidas, mas Marina fez um gesto de que explicaria o motivo.

— Eu não acho justo receber essa homenagem... sozinha. Porque apesar de ter sido chamada na sala da diretora Sônia sozinha, eu não fiz *mais nada* sozinha. Portanto, gostaria que subissem ao palco Flavia Machado, Diana Flores, Ludmila Lancellotti, Sofia Castro e Poliana Goulart.

Gritos de vivas, assovios e palmas tomaram conta do salão. As seis meninas se apertaram no palco, e tiveram que expulsar a senhora Mônica para caberem. Os aplausos e gritos ainda duraram pelo menos um minuto, e as garotas estavam radiantes. Marina perguntou se alguma delas gostaria de continuar o discurso, mas todas balançaram a cabeça.

— Tá na hora de você ter a *sua voz* — lembrou Ludmila.

Marina piscou, abriu um sorriso para a garota e então se dirigiu ao microfone novamente.

— Há dois meses nós não fazíamos ideia se poderíamos estar aqui hoje. Éramos três turmas completamente divididas, que mal se conheciam. Trabalhamos juntos para que isso tudo — ela abriu os braços indicando todo o salão — acontecesse. É a prova de que com determinação, trabalho duro e empatia a gente pode mudar o mundo onde vive. A nossa casa, a nossa escola, o nosso bairro, nossa cidade... nosso país. Quem sabe o planeta inteiro?

— O universo! — gritou algum dos formados.

— Isso aí, o universo! — Marina abriu um sorriso confiante. — Se a gente parar de pensar um pouco no próprio umbigo, as coisas podem *sim* ser diferentes. Queria pedir para vocês não deixarem esse sentimento ir embora só porque estamos saindo do colégio. Temos muitos anos pela frente para... *mudar o mundo.*

Todos os alunos se levantaram para aplaudir, os convidados repetiram o movimento e gritos, assovios e vivas voltaram a tomar conta do salão. A senhora Mônica teve um pouco de dificuldade para recuperar a atenção dos convidados, mas logo encerrou a cerimônia e avisou que o baile iria começar.

Cada um dos alunos, conforme o combinado, pegou sua cadeira para desocupar o espaço central. Flavia assumiu o seu lugar na mesa de DJ e não demorou muito para que uma música animada invadisse as caixas de som. A reação foi instantânea. Apesar de ter sido lançada havia pouco tempo, os alunos já sabiam de cor a letra e a coreografia do hit interpretado por Pabllo Vittar.

— Parabéns, filha! — Darlete deu em Marina um abraço apertado e um beijo na testa, quando ela aproximou da sua mesa. — Eu tenho muito orgulho de você.

— Então somos dois. — O pai de Marina aconchegou sua esposa e filha entre os braços, formando um abraço triplo. — O discurso que você fez foi incrível! — ele completou a frase com um toque na ponta do nariz de Marina, como sempre fazia quando ela era criança. Marina entortou o nariz em resposta, mas piscou para o pai.

— Era o mais justo. A comissão inteira foi responsável por isso.

— Vai lá, aproveita — incentivou a mãe, indicando as garotas que aguardavam Marina para dançarem no meio da pista. Porém, antes de ir, Marina deu um último beijo e um abraço apertado na mãe.

— Te amo — sussurrou em seu ouvido e depois saiu correndo em direção às amigas.

As cinco garotas dançaram por muito tempo todos os funks que Flavia colocou para tocar. Quando enfim a música ficou um pouco mais calma, Marina resolveu dar uma pausa.

— Acho que vou pegar um ar lá fora — avisou.

— Vou com você — disse Ludmila, arfando por causa da última música. — Não aguento o calor.

— Eu vou pegar uma água e encontro vocês depois — disse Poliana.

— Preciso ir ao banheiro. — Diana juntou as pernas para dar ênfase na necessidade.

Poliana revirou os olhos e passou seu braço pelo de Diana.

— Vamos no banheiro e depois a gente pega a água, então.

Nenhuma delas esperou a resposta de Sofia, pois naquele instante ela começou a beijar com vontade um garoto da sua turma chamado Jefferson, que a estava rodeando fazia pelo menos uns trinta minutos.

— Nem acredito que deu tudo certo — disse Marina ao se encostar na mureta do lado de fora do salão.

— Pois é... demorou tanto e ao mesmo tempo foi tão rápido!

Ludmila se aproximou para também se apoiar na mureta. Seu braço encostou no de Marina sem querer, fazendo com que a garota levasse um susto. Mas foi o bastante para seus olhares se encontrarem; ao contrário de Ludmila, que sustentou com intensidade a ligação entre elas, Marina desviou a atenção para um grupo de jovens que ela não conhecia, provavelmente convidados de outro formando.

— Rio de Janeiro, então? — perguntou com a voz fraca, tentando mudar de assunto.

— Sim — respondeu Ludmila com um sorriso. — Vou focar nas universidades de lá. A cidade tem tudo a ver comigo.

— Mas você não tem, tipo... medo?

— Se eu viver com medo, não vou sair de casa, não vou, de fato... *viver*.

Ludmila não estava apenas falando das decisões do seu futuro, mas também como um conselho. Para que Marina tivesse menos receio de viver o que de fato ela gostaria de viver. Sem precisar esconder nada de ninguém.

— Queria ser corajosa igual a você — murmurou Marina, desanimada.

Ludmila virou-se para ficar de frente para Marina, pegou a mão dela e esperou que a garota a encarasse.

— Você é.

Marina engoliu em seco e observou suas mãos entrelaçadas. Pareciam tão *certas*.

— E o que as pessoas vão falar? — perguntou, sem conseguir encará-la.

Ludmila ergueu de leve o rosto de Marina e sorriu.

— As pessoas *sempre* vão falar alguma coisa. É você que decide como vai ouvir.

Naquele momento, Marina se lembrou de quando viu Ludmila pela primeira vez, entrando atrasada na primeira reunião da comissão de formatura, sentada toda torta na mesa redonda da biblioteca. Pensou no misto de raiva que sentiu, porque ela parecia não se importar de fato com aquela reunião, com uma admiração incrível pela postura tão segura da garota. Foi a primeira vez que Marina sentiu as tais borboletas no estômago. Naquela hora ela não reconheceu a sensação e tentou impedir que elas voassem, mas eram tão insistentes que decidiram por conta própria. Agora ela sabia o que estava sentindo.

Marina tinha certeza de que Ludmila esperaria por uma iniciativa dela, pois não queria forçar a barra. Por isso, foi Marina quem se aproximou mais. Ela estava linda, como sempre. Seus rostos estavam tão perto que Marina conseguia contar as sardas que a maquiagem não escondeu no rosto de Ludmila. As duas ficaram alguns segundos apenas sorrindo, próximas o bastante para sentirem a respiração uma da outra. Mas então seus lábios se tocaram e foi como se tudo se encaixasse finalmente.

Aquilo, sim, era o certo.

Não importava o que os outros diriam, porque agora Marina sabia como deveria ouvir.

Ray Tavares

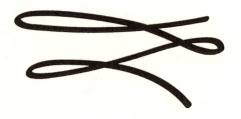

Certa vez, em meados dos anos 2000, um pacote verde e branco foi deixado à porta de um casal humilde. Enrolada nele, uma criatura de não mais do que dois meses de vida cujos suspiros balançavam as bordas de uma carta escrita às pressas, pelas mãos de quem sabia estar cometendo um crime.

Essa porta pertencia a Gilberto e Magdalena Horácio, pedreiro e faxineira, respectivamente. O casal não tivera a felicidade de ter filhos, apesar do desejo latente de seus corações — Magdalena era infértil e não havia condições de arcar com os custos de uma clínica de reprodução assistida. Apesar disso, e das inúmeras dificuldades financeiras, os dois viviam felizes na pequena quitinete localizada na Selva de Pedra, nome da comunidade em que ambos cresceram.

O homem que deixou a pequena criança à mercê do destino se chamava Christopher Camargo, único herdeiro da fortuna deixada por seu recém-falecido pai, Félix Camargo, dono de uma das maiores produtoras de soja do Brasil e do mundo — ou pelo menos era o que ele acreditava ser, até descobrir que a amante do Sr. Camargo, tão bem escondida por tantos anos, estava prestes a conceder-lhe um concorrente a altura: uma irmã.

Com recursos ilimitados e sempre confiante na imoral ambição humana, Christopher pagou muito dinheiro para que a sua empregada mais confiável, Rita Souza, se livrasse da criança. Munida de informações privilegiadas sobre o hospital particular em que a concubina estava internada e sem nenhuma fibra de escrúpulo no corpo, a mulher, vestida de enfermeira, sequestrou o bebê do berçário e desapareceu sem deixar vestígios.

Em uma terça-feira chuvosa de março, a notícia de que a filha de Ágata Conrado havia desaparecido horas depois de nascer a empurrou para uma depressão aguda, o que culminou na interrupção precoce de sua existência apenas alguns meses depois, deixando como rastro de que a criança existira apenas uma carta de despedida e as roupas do enxoval que nunca foram usadas.

Triunfante em seu objetivo, Rita se viu rica e encarregada de apagar os rastros da criança no mundo.

Porém, sem a coragem necessária para assassinar o bebê, e, apesar de não admitir a si mesma, tendo se afeiçoado à pequena menina, bolou durante dias o plano perfeito, necessário para não sujar as mãos de sangue e a consciência de remorso e culpa.

Fazia calor quando a ex-moradora da Selva de Pedra, que conhecia o casal e sua história, depositou no chão o delicado bebê com um bilhete que dizia:

Minha mulher e mãe da criança faleceu no parto. Eu não tenho condições financeiras nem emocionais de continuar a cuidar dela. Tentei durante algum tempo, mas não sou mais capaz, a tristeza é muito grande. Conheço a reputação dos Horácio e sei que vocês vão amar e cuidar melhor dessa menina do que eu jamais seria capaz. Espero que ela possa trazer felicidade ao seu lar, já que ao meu só trouxe dor.

Aquele pacote mudaria para sempre as vidas de Gilberto e Magdalena.

E também a de Roberta Horácio, a proscrita.

6 de agosto de 2017

"A Polícia Federal investiga quem possa estar por trás de um esquema milionário de desvio de dinheiro pela internet. De acordo com o Diretor da Inteligência da PF, um grupo de crackers, a versão criminosa dos conhecidos hackers, já desviou um total de 3 milhões de reais de parlamentares, empresários e religiosos no último ano, inclusive do senador Arnaldo Nevada, concorrente à presidência. Em entrevista à emissora, o Senador falou sobre o tema:

— É uma imoralidade! Um crime que não pode ficar impune! Se não podemos nos sentir seguros com o dinheiro no banco, onde podemos nos sentir seguros no Brasil? O Partido Obreiro passou 14 anos no poder e foi capaz de estragar até os nossos bancos! Chegou a hora da mudança!

"A Polícia Federal lançou um comunicado, no início da semana, que o Jornal da Tarde lê na íntegra:

— A Polícia Federal acredita se tratar de um esquema de justiçamento. Estamos seguindo pistas desse grupo desde o início do ano. Todos os roubos são assinados por "Robin Hood", o que reforça a nossa teoria, porém o dinheiro que está sendo desviado é dinheiro legalizado.

"A operação "Flecha no alvo" já conta com algumas vitórias, como a identificação do destino do dinheiro para a conta de uma Organização Não Governamental. Porém, o grupo de criminosos parece estar sempre um passo à frente, pois quando a Polícia Federal invadiu o prédio da suposta ONG, não encontrou nada além de uma flecha verde pichada na parede.

"O governo já ofereceu uma recompensa a quem souber qualquer informação sobre quem possa..."

Roberta desligou a TV, nervosa, mas não com a notícia; ela sabia que a fortuna do senador Nevada vinha do tráfico e que ele provavelmente morreria em breve de tanto cheirar cocaína. Logo, desviar a sua grana era até um favor. Além disso, a Polícia Federal estava bem longe de chegar ao paradeiro dela. A irritação de Roberta era com outra coisa.

— 239,99 por um pedaço de pano? — ela resmungava sozinha, em uma mistura de pensamentos e palavras desconexas jogadas ao vento, como um velho que passava tempo demais fazendo palavras cruzadas. — Nem se essa merda fosse banhada a barras de coxinha, que valem mais do que barras de ouro, eu gastaria esse valor em um vestido!

Mesmo com a coerente autocrítica, a garota colocou a peça cor de gramado de estádio no carrinho de compras da loja on-line conhecida como "a queridinha das madames". Primeiro, porque ela não o compraria, apenas pegaria emprestado para nunca mais devolver. Segundo, porque os donos daquela loja estavam envolvidos em sérios crimes envolvendo trabalho escravo. Terceiro, porque não tinha nenhum vestido no armário.

Se existia algo que Roberta fazia questão de respeitar, eram as prioridades.

Invadir lojas on-line era *hobby* da menina desde que ela começara a se interessar pelo funcionamento dos computadores e da internet, mesmo em outros tempos, quando não vivia exclusivamente de cometer crimes cibernéticos e o fazia apenas por diversão. Mas, desde que Roberta se tornara Robin Hood, derrubar sistemas, burlar a segurança, bagunçar com a logística de estoques e desviar produtos para o seu endereço havia se tornado questão de honra — era impressionante como a indústria têxtil e de moda conseguia cometer quase todos os delitos previstos no código penal.

Além disso, ficava cada vez mais difícil sair de casa, considerando tudo em que a garota de quase 20 anos estava envolvida e todos os incêndios que tinha que apagar diariamente. Como conseguir roupas se estava 24 horas por dia naquele voluntário regime semiaberto? Pegaria emprestado da sua vizinha de 73 anos e gosto duvidoso? Ou continuaria usando o único jeans do armário, tão velho que remetia a uma época em que calças de cintura baixa eram consideradas bonitas?

As amigas gostavam de dizer que Roberta era uma espécie de CEO da Justiça, mas a cracker sabia que nem sempre tinha as motivações mais nobres.

Vide o vestido verde de alcinhas que estava prestes a enviar para o seu endereço.

Gratuitamente.

— Você só pode estar de brincadeira comigo, Roberta! — O julgamento veio pelas costas, a voz encorpada como um trovão atingindo-a como um soco na nuca.

Preciso trocar o cadeado dessa porta, foi o último pensamento de Roberta antes de se virar e encontrar os olhos escuros e severos da amiga, combinando perfeitamente com o cabelo tingido de vermelho fogo e a pele café com leite.

A ruiva segurava um pesado molho de chaves e Roberta sempre se surpreendia com a capacidade de não fazer barulho que ela parecia ter desenvolvido ao longo dos anos

— às vezes, era como se a garota atravessasse o concreto. Quanto mais cadeados a cracker adicionava à porta, mais silenciosa a amiga se tornava.

E não era como se a sua casa fosse tão grande que ela não conseguisse ouvir o que acontecia na porta de entrada, uma vez que o pequeno cubículo que chamava de lar tinha pouco mais de 18 metros quadrados, com boa parte deles cobertos pelas parafernálias tecnológicas que Roberta tinha acumulado ao longo da vida. No canto, uma cama de solteiro estava bagunçada, como sempre, e o banheiro, se podia ser chamado assim, era separado do restante da casa por uma divisória de plástico que a cracker encontrou na rua. Na cozinha havia somente um micro-ondas, utilizado todos os dias para esquentar hambúrgueres congelados, os favoritos de Roberta; as paredes de todo o cubículo haviam sido pintadas de bege depois da insistência de Willa, já que a única habitante do minúsculo quarto não se importava que elas estivessem em concreto cru.

— É só um vestido caro, Willermina. O público-alvo são aquelas garotas de faculdade de rico, que perguntam no grupo do Facebook se é "muito perigoso andar de ônibus com um iPhone na bolsa". Não estou roubando remédios da Farmácia Popular ou pão de velhinhos...

— Se você me chamar de Willermina mais uma vez, Roberta, juro que eu... — Willa não terminou a frase, assumindo o controle do computador e fechando todas as abas abertas. — E que cheiro de miojo é esse?

O cheiro de comida instantânea impregnava o local, mas quando Roberta estava concentrada, era como se nada mais existisse no mundo. Nem mesmo cheiros ou sons.

— Ei! Tinha conteúdo importante aí! — Culpada, a amiga optou por ignorar o comentário sobre os odores da casa, olhando bem no fundo da alma de Willa antes de continuar: — *Willermina*.

— Vamos parar de graça, a gente precisa encontrar o Tucano e a Pequeno. — A ruiva ignorou a provocação. — Parece que perdemos o ponto no banco do Felizzi. A menina quer desistir.

Ao ouvir aquele nome, Roberta aprumou-se na cadeira, perdendo todo o ar de descontração e rebeldia. O pastor Felizzi era a sua nêmesis, a motivação que a tirara da cama no último ano em busca de vingança, o causador de toda a sua dor e sofrimento.

— Como foi que isso aconteceu? A menina não estava lá na sexta-feira?

— É o que vamos descobrir. O Tucano não quis entrar em detalhes pelo WhatsApp, acha que isso pode nos ferrar. Vai, levanta a bunda da cadeira!

As duas tiveram que caminhar uns 25 minutos para chegar ao ponto mais próximo em que o Uber se atrevia a chegar. A Selva de Pedra, moradia das garotas, talvez fosse a comunidade mais perigosa do estado. Elas poderiam usar o transporte público, mas era domingo, e sabiam como isso funcionava aos domingos — ou melhor, como *não funcionava*.

Já dentro do carro, e na presença de outros reles mortais usuários da corrida compartilhada, Roberta estava impaciente. Enquanto isso, a amiga digitava furiosamente no celular, discutindo com os amigos no grupo entitulado "Justiça Divina". No outro extremo do banco de passageiros, um homem nos seus 30 anos conversava ao telefone sobre a entrevista que faria em uma empresa de auditoria e consultoria chamada CO, contando como ele precisava daquele emprego.

Por mais que a cracker e seus amigos estivessem organizados de maneira quase empresarial para desviar dinheiro de inúmeros políticos, religiosos e empresários envolvidos em escândalos havia um ano, o pastor Felizzi era e sempre seria a principal operação do grupo, a maior verba, e com retorno quase direto à comunidade — o primeiro e eterno cliente. Eles não podiam perder aquela batalha, porque seria quase como perder a guerra.

Marcelo Felizzi tinha que ser destruído.

Se Roberta fechasse os grandes olhos escuros por alguns instantes, conseguiria recordar-se de todo o mal que o homem havia causado em sua vida, detalhe por detalhe, e a dor que sentia ainda era a mesma que havia sentido um ano antes. Se soubesse que a sede por justiça significaria o assassinato do pai, logo após perder a mãe para uma doença rara e agressiva, a garota, órfã aos 18 anos, teria se limitado a esquecer aquela vingança e seguir a vida.

Sem perceber, ela estava apertando a maçaneta do carro com mais força do que o necessário, deixando os nós dos dedos esbranquiçados enquanto as paisagens da periferia transformavam-se chegando ao bairro de classe média.

Carinhosamente, Willa parou de digitar e entrelaçou sua mão à da amiga.

— Vai dar tudo certo.

Roberta apoiou a cabeça no ombro da ruiva. Ao lado delas, o homem havia terminado a ligação e observava a cena com certo desconforto. Por cima do ombro de Willa, a cracker conseguiu ler parte do que ele digitava no WhatsApp. "...lésbicas nojentas ao meu lado..."

— Você não sabe o que eu fiquei sabendo, amor — começou Roberta então, atraindo um olhar interrogativo de Willa. — Sabe a Deisi, da CO? Ela está fazendo aquela bateria de entrevistas para admissão e já me disse que cortou todo mundo que fez posts racistas ou homofóbicos na internet. Disse até que tinha um cara de uns 30 anos que ela fez questão de denunciar na delegacia de crimes virtuais, e só está esperando ele chegar lá hoje para ser levado em custódia. Não é o máximo?

Willa abriu a boca para perguntar do que diabos Roberta estava falando, mas, naquele exato momento, o motorista parou o carro no destino das duas, que logo saltaram em frente ao sobrado do pastor Tucano. Nervoso, o homem avisou que também desceria ali e se afastou quase correndo. Rindo, Roberta explicou o que havia acontecido no caminho da calçada até a porta.

— Você não presta, Roberta — Willa disse, meio rindo, meio preocupada.

— Eu não presto para ouvir merda — ela rebateu.

— Por que vocês demoraram tanto? — perguntou o pastor Thiago Tucano assim que a dupla adentrou o recinto sem bater na porta, sua voz calma e fina não combinando com a proeminente barriga de cerveja que cultivava; ele dizia que o timbre havia se modificado junto com o vitiligo que envolvia cerca de 40% da sua pele negra, mas as garotas suspeitavam que era apenas uma desculpa.

Roberta não gostava do fato de o Quartel General da Justiça Divina estar instalado na casa do amigo, já que era toda decorada pelos extremamente frágeis bibelôs da mãe do religioso, enfiados em todos os cantos e estantes da casa, e a garota não era a criatura mais coordenada do mundo; havia perdido a conta de quantos querubins e gueixas havia destroçado, e de quantos olhares impiedosos havia recebido da Sra. Tucano; apesar dos seus 70 e poucos anos, a idosa povoava todos os seus pesadelos. Além disso, as paredes eram pintadas de um azul celeste que a incomodava.

Porém, fazia sentido ser ali, já que o pastor era o único que não morava na Selva de Pedra. Afinal, quanto mais olhos e ouvidos curiosos conseguissem despistar, melhor seria para todos os envolvidos.

— Porque eu tive que impedir que a Paladina da Justiça roubasse um vestido de 300 reais — Willa explicou brevemente, sentando-se na mesa redonda em que o pastor e Pequeno já estavam instalados.

— 239,99, sejamos justas — Roberta completou.

Havia um pote de amendoim pela metade no centro do tampo de madeira, e Roberta desconfiava que a outra metade estivesse descansando no estômago de Maria Clara Pequeno e seus 1,80m de altura. "Estou em fase de crescimento!", ela sempre dizia antes de comer toda a comida de todos os lugares que frequentavam.

O sobrenome — e também apelido — da amiga era o que Roberta gostava de chamar de "ironia refinada do destino".

— Robin! — Pequeno exclamou, semicerrando os diminutos olhos escuros e colocando parte do cabelo cor de aveia, armado e curto, atrás da orelha.

— Hood! — a cracker respondeu, sentando-se ao lado dela com o peito apoiado no encosto da cadeira e uma perna de cada lado do assento.

— Agora faz parte do escopo do nosso trabalho reformular o seu armário também, Roberta? — o pastor Tucano questionou, balançando a cabeça e utilizando o nome real da garota para criticá-la. — Não é para isso que fazemos o que fazemos.

— Nós só *fazemos o que fazemos* porque eu quis me vingar e consigo invadir computadores — Roberta rebateu à altura e de maneira didática, sem desviar os olhos do amigo. — Agora, podemos conversar sobre o que realmente importa ou vamos fazer um chá e discutir a novela das nove?

Depois de alguns segundos digerindo a patada misturada à arrogância pontual da cracker (o que não era incomum), os dois inteirados do assunto passaram a explicar a situação.

— A menina do algoritmo disse que vai pedir demissão — Pequeno começou. "A menina do algoritmo" era a amiga de Willa que contrataram para se infiltrar no banco onde o dinheiro lavado do pastor Marcelo Felizzi se encontrava.

O algoritmo que desviava uma porcentagem quase imperceptível de todo o dinheiro que circulava pela conta do pastor — e de outros convidados VIP previamente selecionados — era a criação mais genial e ambiciosa de Roberta, mas a execução na intranet do banco tinha que ser implementada por alguém anônimo e que já conhecesse o sistema. Fernanda, operadora de caixa havia alguns meses e amiga de Willa do colégio, fora a melhor solução na época.

Roberta sempre soube que não se podia confiar em quem trabalhava em banco. Aquela era a sabedoria milenar de seu avô, que guardou todos os cruzeiros embaixo da cama e perdeu o dinheiro de uma vida inteira em algum dos muitos governos obcecados em mudar o nome da moeda. Ainda assim, tinha conseguido infectar a neta com o vírus "banqueiros têm que morrer".

— E ela está ameaçando abrir o bico — o pastor Tucano completou.

— Sobre tudo. Inclusive sobre onde você está escondida, Roberta — Pequeno disse de maneira receosa. — Só que eu acho que é apenas chantagem. Ela não tem como saber, só nós três sabemos onde você mora. A não ser que algum de vocês tenha aberto a boca.

O olhar que Pequeno lançou para Willa e para o pastor Tucano foi tão mortífero que Roberta se retraiu na cadeira; às vezes, a amiga ia fundo demais em sua defesa. Ela era fiel como um São Bernardo, só faltavam os pelos.

— Ninguém abriu a boca. — Willa revirou os olhos com impaciência. — Vamos focar no problema de fato? A minha amiga?

— Com amigas como a sua, Willa, quem precisa daquelas pessoas para quem todo mundo no Facebook manda indiretas falando "tudo posso naquele que me fortalece", hashtag rala mandada, hashtag *haters gonna hate*, hashtag foco, força e fé na legenda de uma foto de biquíni na Praia Grande?

— Você falou tudo isso para substituir a palavra "inimigos"? — Willa questionou.

— Foco, meninas — Thiago pediu.

— Força e fé — Roberta sussurrou.

— Já ofereci dinheiro, mas ela está pedindo demais — o pastor Tucano explicou, ignorando as eternas gracinhas da cracker. — Se a gente der tudo o que a menina está pedindo, vamos ter que começar a desviar dinheiro para pagá-la, e não para injetar de volta na comunidade.

— Ela está vindo? — Willa quis saber.

— Sim. Deve chegar em uma hora — Pequeno concordou.

— Então vamos fazer uma oferta que ela não poderá recusar — Roberta sugeriu, apoiando o queixo no encosto da cadeira.

— Robin, você não é o Don Corleone. — Willa constatou o óbvio.

— E você não é ruiva de verdade, então cala a boca.

13 de março de 2016

— *Você acha que esses anéis são de ouro ou falsos?* — *Roberta sussurrou para Pequeno, fazendo-a rir baixinho.*

— *São feitos das lágrimas dos fiéis* — *Willa murmurou do outro lado.*

Roberta engasgou com a risada.

Ali perto, Magdalena lançou um olhar irritado na direção das meninas, que pararam de rir no mesmo instante.

— *A sua mãe me dá medo às vezes, Beta* — *Pequeno comentou.*

Aos domingos, Roberta acompanhava os pais à Igreja da Selva de Pedra, onde podia encontrar Pequeno e Willa, também moradoras da comunidade e suas amigas. As três faziam parte do grupo liderado pelo pastor Tucano, encarregado dos cultos para jovens e também um grande amigo. Naquela noite em particular, ele estava doente e acamado, o que fez com que elas assistissem à pregação principal.

Em cima do palco da suntuosa igreja, o pastor e deputado federal Marcelo Felizzi pregava, gotículas de suor escorrendo por sua testa pelo esforço sobre-humano de gritar por horas e mais horas seguidas. Os anéis brilhavam nos dedos roliços, assim como a corrente que terminava onde os pelos do peito começavam. A sua voz oscilava de muito aguda a extremamente grave, e as pessoas o olhavam quase hipnotizadas.

Roberta sempre frequentou aquela igreja com os pais. Para ela, era um prazer acompanhá-los em algo que os fazia tão bem, que lhes devolvia um pouco da fé que perdiam gradativamente ao longo de uma semana marcada por muito trabalho e dificuldade, mesmo que ela não concordasse com tudo o que o pastor dizia. Era na igreja que eles se renovavam; todo domingo, único dia da semana em que ela estava livre para acompanhá-los, era como se acreditassem novamente que tudo daria certo. E, apesar de toda a racionalidade que a garota cultivava e prezava, apesar de reprovar certas condutas morais tomadas como verdades absolutas pela igreja e os que a frequentavam, ela também acreditava e era temente a Deus, independentemente da forma que tomasse. Para ela, Deus era algo maior, que guiava as decisões mais difíceis e amparava aqueles em momentos de dor e desespero.

Deus era um grande elétron flutuando no tempo-espaço.

Porém, mesmo com a fé intacta, Roberta não conseguia engolir Marcelo Felizzi. Não conseguia deixar de analisar a sua evolução patrimonial. Não conseguia entender a escalada ao sucesso em tão pouco tempo, de pastor de uma pequena igreja a dono de um programa de televisão gospel, deputado federal e, recentemente, empresário do ramo alimentício. E também não conseguia processar o fato de que ele ainda ministrava o culto na Igreja da Selva de Pedra todos os sábados e domingos, igreja esta que, durante a sua gestão, havia se transformado numa construção faraônica no meio da comunidade, atraindo fiéis de todos os cantos da cidade e do estado.

— Os anéis podem ser de verdade ou falsos, mas esse cara é problema — Willa comentou, sempre decidida em suas opiniões.

Mesmo que os pais das três garotas fossem completamente devotos, elas nunca de fato haviam entrado de cabeça na religião como os outros jovens da comunidade haviam feito.

— E como você pode ter tanta certeza disso? — Roberta perguntou, porque, apesar de **também sentir o mesmo pelo pastor**, não gostava de ser injusta, e, em 17 anos de vida, não tinha nenhuma prova concreta de que ele era uma pessoa ruim.

Até que se provasse o contrário, o pastor Felizzi era só mais um religioso dedicado à igreja que havia crescido de maneira lícita.

— *Eu só sei.*

— *Concordo com a Willa* — Pequeno intrometeu-se.

— *Se o mundo e a sociedade se baseassem em "eu só sei", o que seria da academia? O que seria do sistema judiciário? Ou da mídia investigativa?* — Roberta questionou.

— *Meu Deus, Beta, o que te ensinaram naquela escola de riquinho?* — *a ruiva resmungou.*

— *Não sei por que você tem que falar difícil o tempo todo* — *Pequeno reclamou.*

Mais uma vez, Magdalena olhou feio para as meninas. Mas, em vez de desviar o rosto e fingir que iria se comportar, Roberta disse "eu te amo" para a mãe através de mímica labial. Gilberto, ao lado da mulher, entendeu primeiro o que a filha estava dizendo, sussurrando então no ouvido de Magdalena, que negou com a cabeça pela esperteza da filha em sempre conseguir evitar que ela ficasse brava.

Roberta sorriu e, pelo resto do culto, ficou em silêncio em respeito aos pais.

6 de agosto de 2017

— Ela chegou — Willa anunciou, abaixando o celular.

— Ótimo! Pequeno, a faca? — Roberta estendeu a mão em direção à grandalhona.

— Nós combinamos sem faca — a amiga respondeu de maneira ingênua, com medo de que a mais velha insistisse, pois com certeza ela cederia.

Roberta sabia da influência que tinha sobre a mais nova e, às vezes, só às vezes, se aproveitava disso. Como quando pediu que ela atravessasse a cidade para comprar um lanche porque era "muito importante para o que estava fazendo", quando, na verdade, só estava com fome.

— Ela se corta comendo maçã e acha que vamos dar uma faca para brincar de mafiosa — o pastor Tucano pensou alto, mais para ele do que para qualquer outra pessoa.

— Era uma maçã com a casca muito afiada... — a cracker resmungou.

Toc. Toc. Toc.

— Até a batida na porta dessa menina é falsa — Pequeno comentou.

— O ranço, quando nos atinge, é uma coisa de louco, né? — Roberta perguntou.

— Pode entrar! — Willa berrou.

A garota que entrou na sala estava na casa dos 20 e poucos anos. Usava calça jeans tingida, blusinha rosa de alças e sapatilhas surradas. O cabelo descolorido e desbotado pendia preso em um rabo de cavalo alto e duro, e os olhos eram de uma cor indefinida, mistura de marrom com verde. Ela não era feia, mas também não era bonita. Parecia estranhamente o cruzamento de um hamster com uma lagartixa.

— Cuidado com a falsa! — Roberta exclamou, tendo a boca tampada por Willa.

Quando estava no computador, a cracker era a pessoa mais estratégica e lógica que existia. Porém, as habilidades sociais não haviam evoluído tanto quanto a inteligência, e sua falta de tato a havia atrapalhado ao longo de toda a vida; foi assim no colégio público, e pior ainda quando, no Ensino Fundamental II, conseguiu uma bolsa integral para estudar em um colégio particular conceituado na área de tecnologia e inovação.

Os riquinhos odiavam Roberta Horácio, sua inteligência extraordinária e as palavras ácidas.

— *Você* é a famosa Robin Hood? — A menina olhou Roberta de cima a baixo, com desdém.

Os únicos que sabiam o nome real de Roberta em toda aquela operação eram Pequeno, Willa e o pastor Tucano. Todos os demais "justiceiros", como apelidaram carinhosamente os muitos moradores da Selva de Pedra e colaboradores da Justiça Divina que atuavam em pequenos projetos, a conheciam apenas como Robin Hood.

Era um pouco irônico que a própria Roberta tivesse se denominado assim, um tanto quanto bêbada apenas algumas horas depois de desviar a primeira quantia significativa do pastor Felizzi. "Eu sou o Robin Hood da paixão!", ela berrou, arrancando gargalhadas dos amigos. "Te dei o sol, te dei o mar, pra ganhar seu coração!" "Não é a mesma música, Beta", Willa comentou na ocasião, mas Roberta já havia apagado.

— Não! Eu sou o Jô Soares sua pir...

— Senta aqui, Fernanda, vamos negociar. — Dessa vez foi o pastor Tucano que cobriu a boca de Roberta antes que ela terminasse a frase.

O que era uma pena; Roberta adorava aquele meme.

— Não tem nada para negociar. Dei o meu preço e não tenho medo de vocês. Já lidei com gente pior.

— Não é para ter medo — Willa explicou, sentindo-se quase ofendida. — Não queremos que ninguém tenha medo. Olha só pra gente! Três jovens e um pastor!

— As aparências enganam — a traíra rebateu, sem tirar os olhos de Roberta, que agora prestava bastante atenção em algo que digitava no celular. — Uma das maiores traficantes da região é uma velhinha de 80 anos, conhecida como "a senhora dos doces". Ela vende drogas para todas as universidades públicas da cidade.

Todos piscaram algumas vezes, cada um absorvendo aquela informação de maneiras bem distintas.

— Eu te convidei para nos ajudar porque pensei que te conhecesse bem, Fernanda — a ruiva retomou o ponto principal daquela conversa. — Achei que você, tanto quanto nós, quisesse ver mudanças na comunidade. Mas parece que me enganei.

— Também achei que estivesse fazendo o bem, até descobrir que vocês estão me usando para desviar a grana para os próprios bolsos!

— De onde você tirou isso? — o pastor Tucano perguntou, olhando em volta. — Eu moro aqui com a minha mãe. Você realmente acha que estou desviando dinheiro para o meu proveito?

— Realmente, eu sairia daqui o quanto antes se ganhasse uma boa grana — Pequeno concordou com a cabeça, sempre de uma honestidade quase infantil, olhando em volta como se estivesse em um cemitério.

O cemitério dos querubins estraçalhados por Roberta Horácio.

— Não é isso o que corre pela Selva de Pedra. Vocês podem muito bem estar enganando todo mundo! Isso de roubar dinheiro só de corruptos pode ser teatro para convencer de que são honestos! — Fernanda permanecia apegada de maneira teimosa à sua crença de estar sendo enganada. — E aquele papo do aplicativo? Por que eu não fiquei sabendo? Vocês estão roubando dinheiro dos pobres agora também?

Os quatro se entreolharam discretamente.

— Que papo de aplicativo? — Willa tentou soar desentendida, mas Fernanda havia pescado a preocupação no ar.

— O aplicativo que o pastor lançou ano passado pro pessoal pagar o dízimo! Não se faça de santinha! Dizem que foi criação dela! Que ela pagou o cara que tinha sido contratado para fazer, e ele entregou o aplicativo dela em vez do original! — A garota apontou o dedo acusatório para Roberta, que não se dignou a levantar o rosto, digitando sem parar no celular.

— Sim. Foi ela que criou o aplicativo — o pastor Tucano resolveu abrir o jogo. — Mas não é isso o que você está pensando...

— Como não?

— Nós estamos fazendo o bem! — Pequeno se irritou, como sempre fazia quando colocavam a honestidade de Roberta à prova. — Quando você contribui com 50 reais para a igreja, o pastor recebe um aviso de que recebeu apenas 30, e os outros 20 são enviados para a nossa conta...

— Viu? Para a conta de vocês! — Fernanda exclamou, satisfeita.

— ...e depois remanejados, como o restante do dinheiro desviado.

— Não acredito em vocês! São tão corruptos quanto eles! — a garota exclamou.

— Porque você é muito honesta, né? — Willa franziu o cenho. — Extorquindo de quem está querendo fazer algum bem para a comunidade!

— Pelo menos, não sou hipócrita!

— Você *é* hipócrita!

— Eu não sou hipócrita!

— É sim! — Pequeno exclamou, querendo participar.

— Ninguém é hipócrita! Vamos conversar direito! — O pastor Tucano tentou apaziguar os ânimos.

— Eu não quero conversar! Quero os 100 mil para não explanar o esquema! É só isso! — Fernanda levantou a voz, querendo mostrar que não haveria diálogo ali.

Calmamente, Roberta levantou-se com o celular em mãos e caminhou até Fernanda. Quando parou a uma distância próxima o suficiente para a garota enxergar a tela do aparelho, levantou-o em sua direção. Primeiro, a menina estranhou aquela atitude, mas, quando viu o que estava estampado na sua frente, soltou um palavrão que rima com "baralho" e colocou as duas mãos na boca.

— Esse aqui é o meu pai. — Pequeno estremeceu na cadeira, desviando os olhos do celular de Roberta mesmo que não estivesse conseguindo enxergar a imagem. — Ou melhor, *era*, né? Como você pode ver, deram um tiro de .38 na testa dele. São poucos os que sobrevivem a isso.

Fernanda seguiu com as mãos na boca, mas agora olhava espantada para Roberta. Os outros três permaneciam em silêncio.

— Ano passado, a minha vida virou de cabeça para baixo. A minha mãe descobriu um tumor no cérebro pouco tempo depois de perder o emprego. Ela não tinha mais plano de saúde particular e nós nunca tivemos dinheiro. Mesmo assim, conseguimos levantar o suficiente para a cirurgia, vendendo tudo o que tínhamos e o que não tínhamos, e contando com a ajuda de muitas pessoas da comunidade. Só um médico no Brasil inteiro era especialista naquele tumor e conseguiria operá-la a tempo, mas o dinheiro que conseguimos não era o suficiente para o pós-operatório, que deveria ser realizado nos Estados Unidos com um tipo de radioterapia que não temos no país. Então tive a brilhante ideia de pedir ajuda ao pastor Felizzi, já que nós frequentamos a igreja da Selva de Pedra desde que ela era apenas um pequeno sobrado e ele parecia estar tão bem de vida. Eu implorei por ajuda, mas ele nos deu as costas. Algum tempo depois da cirurgia, minha mãe faleceu. Nos dias seguintes à morte, eu não conseguia me livrar da tristeza e da sede de vingança, misturadas à desconfiança dos meus amigos de que o pastor talvez não fosse tão honesto e ético quanto pregava todos os sábados e domingos.

"Antes de perder o emprego, minha mãe foi faxineira em uma empresa de desenvolvimento de software por muitos anos, e eu cresci lá dentro, de modo que acabei aprendendo uma coisa ou outra dos desenvolvedores e aprimorei as minhas habilidades como bolsista no colégio particular. Então, decidi tentar invadir o computador do Felizzi e, em apenas uma madrugada de investigações, descobri todos os seus segredos e podres, desde o desvio milionário do dízimo até propinas da bancada BBB, passando por "incentivos" para que ele votasse de acordo com o que era imposto no Congresso. Sem pensar muito no que estava fazendo e enojada com aquela situação, eu passei mais de 12 horas tentando desviar uma quantia ínfima do dinheiro roubado e, quando enfim consegui reverter alguns zeros para a minha conta, banquei uma festa na Selva de Pedra para todos os que tinham conhecido a minha mãe. Mas fui estúpida, infantil, inconsequente! Eu não estava pensando direito, deixei muitos rastros e eventualmente ele chegou a mim. Só que o pastor Felizzi não é o tipo de pessoa que freia a própria maldade... e o restante da história está nessa foto que eu te mostrei."

O pastor Tucano ainda estava sentado no mesmo lugar, com a cabeça baixa. Willa negava várias vezes, tentando evitar as lágrimas; Pequeno já havia desistido.

— É por isso, Fernanda, que não utilizamos o dinheiro que desviamos para proveito próprio. É por isso, Fernanda, que você é tão importante nessa operação, porque está infiltrada no banco em que ele deposita o dinheiro das propinas que recebe. E é por isso, Fernanda, que tudo o que recebemos é transferido para ONGs, lares, orfanatos e organizações que buscam uma sociedade mais justa. Você pode não gostar de mim, nunca pedi que gostasse, mas você nunca mais vai falar, olhando nos meus olhos, que sou desonesta.

A sala ficou em silêncio, todos olhando para as duas figuras centrais. Fernanda piscava muito, quase como se estivesse secando os olhos, e Roberta parecia uma estátua de mármore. Uma estátua de mármore verde, já que aquela era a sua cor favorita e ela sempre vestia algo nesse tom.

— Ah! Quase me esqueci! — A cracker bateu com a mão na testa, dissipando todo aquele clima trágico. — Nesse meio-tempo em que vocês discutiam sobre hipocrisia ou sei lá mais o quê, entrei nas suas redes sociais. Não acho que o seu noivo vá gostar muito de saber sobre o Otávio e as noites que vocês passaram juntos naquele motel supercafona na Marginal Pinheiros. Você não concorda comigo?

Como um desenho animado, Fernanda abriu e fechou a boca tantas vezes que os presentes perderam a conta.

Aquele era o jeitinho Roberta Horácio de lidar com os problemas.

19 de junho de 2016

Marcelo Felizzi atravessou as portas da igreja cerca de uma hora antes do sermão, rodeado por homens que Roberta não conhecia. Aflita e ansiosa, com a mãe internada em um hospital público próximo dali, praticamente pulou na frente do pastor, que, tomado pelo susto, deu vários passos para trás, sendo parcialmente rodeado pelos engravatados.

— O que é isso? — ele quis saber.

— Pastor, desculpe o susto. Eu não tenho mais a quem recorrer. Preciso da sua ajuda!

— Querida, você precisa marcar uma hora comigo, não pode simplesmente...

— Estou tentando há duas semanas falar com o senhor! Eu não tenho mais tempo a perder! — Roberta exaltou-se, o

que fez alguns dos homens de terno se aproximarem de maneira ofensiva; cega pelo desespero, ela não fraquejou. — A minha mãe frequenta a sua igreja desde sempre, pastor Felizzi. Eu frequento essa igreja há 17 anos. Nós somos os Horácio. Você também já deve saber da doença dela e de tudo o que estamos passando.

Marcelo olhou para algum dos homens que o acompanhavam, como se perguntasse em silêncio quem diabos eram os Horácio. O coração de Roberta batia muito rápido; Felizzi dizia conhecer todos os fiéis da igreja por nome e história de vida, mas não era o que a menina estava vendo ali.

— Sim, claro, os Horácio — *foi o que respondeu.* — Querida, eu não posso conversar agora, preciso preparar o sermão...

— A minha mãe está morrendo, pastor — *Roberta insistiu.* — Nós conseguimos juntar o dinheiro da cirurgia, mas ela precisa passar pelo pós-operatório no exterior, por se tratar de uma doença rara. Nós não temos dinheiro nem para interná-la em um hospital particular aqui no Brasil, que dirá mandá-la para os Estados Unidos! Não temos convênio, as perspectivas de recuperação aqui são muito baixas e o SUS não dá conta de todas as pessoas que...

— Deus encontrará um caminho, querida. — *O pastor já havia se posto em marcha, aparentemente desinteressado pela história que Roberta contava.* — Deus sempre revela sua misericórdia.

— Deus é maravilhoso, pastor, mas não tem dinheiro para nos emprestar! — *Roberta gritou, sua voz ecoando pelas quatro paredes da imensa igreja.* — Você tem!

— *Como é?* — *Ele estreitou os olhos claros na direção da garota.* — *Espero que você não esteja insinuando o que eu acho que está.*

— *A minha mãe te admira e apoia sua igreja há mais de 30 anos. Quem te ajudou no começo de tudo? Quem pagou o dízimo todos os meses, religiosamente? Quem deixou de comprar comida na época em que a igreja precisava de doações para arrumar o teto? Foi a minha mãe! E ela seguiu morando em uma quitinete e trabalhando como faxineira, enquanto o senhor se tornou deputado federal, se mudou em uma mansão, ganhou um programa de TV e comprou um helicóptero. Os custos de um mês do seu helicóptero podem salvá-la!* — *Roberta podia sentir o ódio subir pelo pescoço, preenchendo as veias, artérias e músculos, saboreando o gosto amargo da bile.* — *Agora somos nós que estamos pedindo a sua ajuda! A minha mãe precisa da sua ajuda! Ela nunca teria respondido "Deus encontrará um caminho", porque ela mesma encontraria o caminho para ajudar alguém que precisa!*

Marcelo Felizzi permanecia impassível, como se nada do que era dito o afetasse. O silêncio que se seguiu explicava tudo o que a garota precisava saber sobre a índole do pastor.

— *Infelizmente, querida* — *ele enfim se pronunciou, frio como alguém que não se importava* —, *não há nada que eu possa fazer. Vou orar pela sua mãe e colocar o nome dela no círculo de orações de hoje à noite.*

E, sem dizer mais uma palavra, Marcelo Felizzi deixou Roberta para trás, sozinha, sem esperanças e profundamente magoada por não ter dado ouvidos à sua intuição.

Porém, antes que ele pudesse desaparecer de vez, ela ainda gritou:

— Depois de tudo o que ela fez pelo senhor, você nos dá as costas! É bom saber que a casa de Deus está sendo guiada por alguém que não pode ficar um mês sem andar de helicóptero!

6 de agosto de 2017

"Hoje eu preciso ouvir qualquer palavra tua, qualquer frase exagerada que me faça sentir alegria em estar vivo!"

Cadê você?

Roberta estava apoiada no batente da janela, metade da cabeça em vigia, a outra perdida em lembranças do passado. Se ao menos ela tivesse tido a ideia de roubar dinheiro quando a mãe precisou ser internada...

Onde você se meteu?

"Hoje eu preciso tomar um café, ouvindo você suspirar, me dizendo que eu sou o causador da sua insônia..."

Um ano já havia se passado desde a última vez em que a garota vira o pastor Felizzi frente a frente, ela com os olhos em chamas, ele lhe dando as costas, mas Roberta ainda se espantava com a estupidez do religioso; para alguém que havia conquistado tanto desviando dinheiro público, ele podia ser muito burro às vezes. Afinal de contas, ela ainda morava na Selva de Pedra, mais precisamente no cortiço ao lado da igreja, e ele já havia gastado metade da fortuna procurando a sua toca.

"Que eu faço tudo errado sempre... sempre!"

Era realmente uma toca, já que Roberta era como uma toupeira, trabalhando melhor sozinha e no escuro. Ela também era uma toupeira nos assuntos do coração, já que havia se apaixonado justamente pelo...

"HOJE! PRECISO DE VOCÊ! COM QUALQUER HU..."

— 'Ah, Romeu! Romeu! Por que você ainda não me comeu?' — Willa, acompanhada por Pequeno, invadiu o caótico espaço de Roberta e desligou a música abruptamente.

Eu realmente preciso trocar esses cadeados. Ou quem sabe adicionar um daqueles com código numérico... Roberta suspirou.

Miguel Felizzi, 1,83m de um corpo moldado pela natação. Olhos marrons acobreados, cabelo escuro, uma *vibe* meio Shawn Mendes, se o Shawn Mendes esquecesse a carreira de cantor e se dedicasse aos trabalhos voluntários. Um sorriso lindo, covinhas nas bochechas, a voz assemelhando-se ao caramelo. E...

Filho do pastor.

Obviamente, já que nada na vida de Roberta Horácio vinha fácil.

Em sua própria defesa, ela havia se apaixonado antes de tudo acontecer, então não era como se quisesse se enfiar em um relacionamento esquisito no qual os jantares em família seriam extremamente constrangedores.

Mas, às vezes, ela se pegava imaginando como seria a sua apresentação aos pais do garoto em um universo em que ele correspondesse aos seus sentimentos.

Pai, mãe, essa é a minha namorada, Roberta
Roberta, prazer em te..
O que essa ladra está fazendo aqui?

— Ha-ha-ha, uma piada sobre Romeu e Julieta, que original, Willermina! — Roberta comentou.

— Beta, você tem uma playlist no Spotify com 26 versões de "Só Hoje" do Jota Quest? — Pequeno perguntou de maneira distraída, observando a tela do computador da amiga.

Roberta abanou o ar com a mão; nunca se constrangia facilmente. Além disso, elas já sabiam da sua paixão platônica, não tinha por que mentir.

— E aí, ele apenas existiu e você achou que foi a coisa mais linda do mundo? — Willa continuou, colocando uma sacola de comida chinesa em cima da mesa. — Espero que sim, porque você nos fez sair correndo da casa do pastor Tucano antes que a mãe dele pudesse te dar mais um esporro por quebrar aquele leão de cerâmica, e se eu perdi isso a troco de nada, vou ficar bem frustrada.

— Ele ainda não apareceu. — A cracker suspirou. — E eu não apressei vocês por causa disso...

— Ela finge que nos engana, e a gente finge que acredita — Pequeno comentou, despejando uma caixa tamanho família de yakisoba no próprio prato.

— É muito irônico que você queira transar com o filho do cara que mais odeia no mundo. — Willa começou a abrir os outros pacotes da comida. — O que Freud diria sobre isso?

— Que você é uma babaca — Roberta respondeu. — Eu não quero *transar com ele*. Eu quero me casar, ter dois filhos e um cachorro.

— Você devia fazer como eu — Willa disse distraída — e revelar o seu amor sem parar até que ele mude de ideia.

— Porque isso está funcionando muito bem com o Maurício.

— Ainda não funcionou — a ruiva respondeu.

Ela havia se apaixonado pelo motorista bonitão de Miguel alguns anos atrás, mas este insistia só na amizade sempre que ela o abordava na saída do culto. Aquilo não impedia a garota de mandar declarações de amor diárias no WhatsApp do moço. Willa era bastante obstinada quando queria algo, e relacionamentos amorosos não escapariam da sua mentalidade de empresária.

— Mas vai funcionar.

Antes que Roberta pudesse responder, porém, a inspiração para todos os seus suspiros, o ator principal dos sonhos mais românticos e dono do seu coração desde seus 11 anos de idade (quando finalmente entendeu por que todo mundo ficava idiota quando se apaixonava) saiu pela porta da frente da igreja, acompanhado pelo motorista Maurício, com um celular de última geração na mão. No mesmo instante, a cracker retraiu-se, como se fosse fisicamente difícil respirar o mesmo ar que Miguel Felizzi. E, como fazia todos os domingos, o garoto desviou os olhos de íris acobreadas em sua direção.

Os dois trocaram um longo e significativo olhar.

E ele entrou no carro blindado, que já o esperava na calçada.

"HOJE, SÓ SUA PRESENÇA VAI ME DEIXAR FELIZ! SÓ HOJE!"

— Merda... — Roberta suspirou.

— 'Ah, Romeu! Romeu! Por que você não pode ser meu?' — Willa gracejou, juntando-se às amigas e entregando um prato de yakisoba para Roberta. — Meia hora atrás estava puta porque podia perder a maior aliada no crime de desvio de dinheiro e agindo como uma mafiosa; agora está aí, desenhando borboletas e corações no seu melhor papel de trouxa.

— O Maurício estava com ele — a cracker comentou, por pura maldade.

— O quê? — Willa exclamou. — E você não disse nada?

— O que é aquilo? — Pequeno franziu o cenho, apontando para uma faixa pendurada na fachada da igreja, sendo a única a perceber a mudança, já que as outras duas estavam muito ocupadas falando de homens e Pequeno não tinha o menor interesse naquele assunto.

A faixa não estava ali quando Roberta começou a sua vigia — ou ela ficou tão ansiosa pelos segundos que dividiria com Miguel, como em todos os domingos, que nem reparou. A segunda opção era muito válida; talvez a única em jogo.

TORNEIO REGIONAL DE PROGRAMAÇÃO
INSCRIÇÕES ATÉ 24/08
PRÊMIO: 15 MIL REAIS
OPORTUNIDADE ÚNICA PARA ESTUDANTES DE CIÊNCIA DA COMPUTAÇÃO E AFINS

— Mas olha só a petulância desse cavalo! — Willa exclamou, esquecendo um pouco a sua paixão platônica.

— Acha que vai conseguir nos atrair por 15 mil reais? Você tira 15 mil reais daquele postinho onde ele lava o dinheiro das propinas menores, não é, Beta?

Os olhos de Roberta queimavam de excitação; era quase como se todo o seu corpo estivesse dormindo até aquele instante, e aquela fosse a primeira vez que ela abria os olhos. Tudo parecia muito claro, quase translúcido. Era a sua chance.

Finalmente, a cracker teria a possibilidade real de humilhar o pastor Felizzi. Tirar 15 mil reais do seu bolso bem embaixo do seu nariz.

Por mais que desviar a grana roubada do religioso fosse bom para o seu ego e para a comunidade, existiam muitos outros corruptos de quem ela poderia continuar drenando dinheiro. Aliás, era o que não faltava no maravilhoso país chamado Brasil; em um raio de 100 km da Selva de Pedra, eles já haviam conseguido devolver 3 milhões de reais para quem não era cuidado nem pelo Estado nem pela sociedade civil.

Mas confrontar o pastor Felizzi em sua própria casa e fazê-lo provar do próprio veneno era tentador e desafiador. Roberta sabia que não iria acabar com a corrupção no país, muito menos mandar todos os políticos, religiosos e empresários responsáveis por todos os crimes que já haviam cometido para a cadeia, mas ela poderia provar para o seu principal inimigo, de uma vez por todas, que era mais inteligente e mais perspicaz; poderia, enfim, passar a mensagem de que não importava o que o pastor fizesse, para onde corresse ou onde se escondesse, ela sempre estaria na sua cola, sempre daria um jeito de estragar os seus planos.

Robin Hood seria a eterna sombra de Marcelo Felizzi.

— *Nem. Pense. Nisso. Roberta. Horácio.*

A voz doce de Pequeno, que não combinava em nada com o seu porte de lutadora de MMA, atravessou os pensamentos diabólicos da cracker como a flecha que ela gostava de enviar por correio a alguns dos seus alvos.

— Lembra o que aconteceu na última vez que você procurou vingança? Ou quer que eu refresque a sua memória?

— Você não precisa desse dinheiro. Já temos o algoritmo e o aplicativo do dízimo — Willa concordou, olhando fixamente para a amiga. — Não precisa se expor por 15 mil reais.

— Não sei do que vocês estão falando! Estou apenas degustando o meu frango xadrez. — Roberta estendeu um pedaço de frango entre os dois hashis para as amigas.

Elas não acreditaram em uma só palavra.

Roberta desviou os olhos, com medo de que a traíssem, e pensou ter visto alguém a observando de dentro da igreja. Focou a atenção e não encontrou nada no local que a incomodasse. Por via das dúvidas, fechou a janela.

10 de julho de 2016

Lisbeth_01: 'Tem um tal de pastor Felizzi na sua cola. Descobri ontem o seu IP por grana, mas senti que precisava te avisar. Ele disse algo sobre "enviar um sinal". Toma cuidado'.

Roberta recebeu a mensagem enquanto almoçava com Pequeno e Willa. Estavam satisfeitas, afinal, uma semana havia se passado e o crime da cracker não tinha sido descoberto. Animadas, resolveram atravessar a cidade para comer hambúrgueres de gente rica e comentar sobre o que poderiam fazer dali em diante; as possibilidades eram infinitas, era como se pudessem conquistar o mundo! Por mais que apenas Roberta fosse capaz de efetivamente desviar o dinheiro, as amigas também tinham os talentos necessários para uma organização criminosa. Ou uma Organização Não Governamental que não visava o lucro, uma vez que elas não pretendiam usar o dinheiro em proveito próprio.

Apenas em casos extremamente necessários. Como hambúrgueres gourmet.

De início, Roberta não queria contar de onde havia tirado o dinheiro para fazer a festa de homenagem à mãe, mas depois de algumas cervejas e muita insistência, ela se reuniu com os amigos mais próximos e contou a verdade. Ao contrário da reação que estava esperando, eles comemoraram a pequena vingança da adolescente — ela merecia um pouco de felicidade em meio à tristeza por perder a mãe. Além disso, todos se sentiram um pouco recompensados pelo crime, já que era de conhecimento geral que ladrão que rouba de ladrão tem cem anos de perdão — e ladrão que rouba de ladrão religioso, que desvia o dízimo, tem mil anos adicionais. O que Roberta havia feito lavou a alma de muita gente.

A cracker piscou os seus grandes olhos escuros para a tela do celular, tentando organizar os pensamentos, enquanto as amigas comiam e riam. Passado uma fração de segundo, que pareceu durar uma eternidade, ela se levantou bruscamente.

— Beta! — Pequeno derrubou o hambúrguer no prato pelo susto. — Quer nos matar do coração?

— Nós precisamos ir. AGORA!

As três deixaram mais dinheiro do que o necessário em cima da mesa e saíram correndo. No caminho de volta para a Selva de Pedra, em um vagão vazio do trem, Roberta mostrou a mensagem que havia recebido e explicou sua preocupação.

Quando enfim chegaram na comunidade, embrenharam-se no chão mal pavimentado em direção à casa de Roberta.

"Ele está bem. Ele está bem. Ele está bem", era só o que ela conseguia pensar.

Porém, quando a cracker subiu diversos lances de escada e abriu a porta da quitinete, encontrou o pai amarrado em uma poltrona, com a boca aberta e um tiro no meio da testa.

Naquele dia, o grito de Roberta pareceu chegar a todos os barracos da Selva de Pedra.

8 de agosto de 2017

Roberta odiava usar aquelas perucas. Elas deixavam o seu couro cabeludo cheirando a Fandangos. Mas não tinha como entrar na Igreja da Selva de Pedra vestida de Roberta Horácio, era arriscado demais — tinha que assumir a persona de Robin Hood. E, no seu imaginário infantil, o justiceiro que tirava dos ricos para dar aos pobres era loiro.

Foi certa decepção ler a versão escrita por Alexandre Dumas e descobrir que ele era moreno. Mas a peruca já estava comprada, e, na época, Willa não permitiu que ela a trocasse. "Roberta, se eu ganhasse um real para cada vez que você dá uma de louca, eu estaria rica" foi o argumento racional que ela usou para convencer a amiga.

Além disso, as lentes de contato azuis machucavam os seus olhos. Ela podia sentir toda a borda daquele instrumento de tortura contra as suas íris escuras; Roberta sentia pena de quem usava aquilo diariamente.

A igreja, sempre tão barulhenta e cheia de vida, parecia um lugar totalmente diferente naquela terça-feira nublada, silenciosa e fria. Assumindo como verdade absoluta que Roberta não era Roberta, mas sim Robin Hood, até o seu caminhar em direção à entrada havia mudado; se Pequeno pudesse vê-la naquela situação, riria até grunhir como um porco.

Avistando a comprida mesa de inscrições para o tal campeonato, Roberta dirigiu-se até lá. Uma senhora negra e simpática sorriu de maneira calorosa e, disfarçando perfeitamente até a própria voz, a garota questionou:

— É aqui que me inscrevo para a competição?
— Aqui mesmo, querida — ela respondeu.

"Querida". Roberta odiava aquela palavra desde o fatídico encontro com o pastor Felizzi. Ignorando o instinto de revirar os olhos, sorriu.

— Eu gostaria de me inscrever, então.
— Já sabe as regras?
— Não, não sei.
— Você precisa completar tarefas que se resumem a desenvolver uma aplicação que resolva problemas, sem se importar com a interface gráfica. Quanto mais você avança, mais difíceis os problemas ficam. A avaliação é feita através de uma sequência de testes automatizados que, além de analisar os resultados da sua aplicação, analisam o tempo de resposta. Se estourar o tempo, perde pontos — a mulher falava como se fosse entendida do assunto e, discretamente, Roberta pôde ler em seu crachá que ela era professora de uma Escola Técnica Estadual. — Quem resolver o maior número de tarefas no menor tempo possível é o vencedor. É quase como mineração de bitcoin, só que menos complexo.

— Parece bem legal — ela comentou, e estava sendo honesta.

Roberta inventou nome, sobrenome, CPF, idade e profissão; das suas transgressões, aquela era uma das menores. Era até divertido poder ser quem ela quisesse ser, quando quisesse ser — naquele dia em particular, Roberta havia se transformado em Juliana Cintra. Terminado todo o processo, agradeceu à senhora e se afastou.

A sua razão a aconselhava a sair dali o mais rápido possível, atravessar a porta sem olhar para trás e esconder-se na sua toca. E Roberta sempre seguia a razão. Sempre. Toda vez.

Bom, talvez em 99,9% dos casos, já que, atraída por uma curiosidade alarmante ao avistar a escada de funcionários, desviou da saída no último instante e subiu os degraus que a levariam para a parte administrativa da igreja. Ela nunca havia estado ali — nos seus desejos mais íntimos, imaginava-se abrindo a porta do escritório do pastor Felizzi e, pegando-o de surpresa, atiraria em sua cabeça com uma besta.

Era provável que Roberta precisasse parar de assistir tanto Game of Thrones.

Pé ante pé, ela atingiu uma imponente porta de mogno, condizente com a riqueza brega do religioso; o pastor Tucano costumava dizer que o dono da igreja era tão cafona quanto os bibelôs da sua mãe. Sentindo tratar-se da sala pessoal do seu nêmesis, com base nas poucas informações que ela recebia do amigo que continuava na igreja para observar Felizzi de perto, ela envolveu a mão na maçaneta e respirou fundo.

— Eu não faria isso se fosse você. — Roberta reconheceria a voz que a alertou em qualquer planeta da galáxia, em qualquer galáxia do universo. — Ele está aí dentro.

Lentamente, ela soltou a maçaneta e se virou. Miguel Felizzi estava parado atrás dela.

"HOJE, PRECISO DE VOCÊ! COM QUALQUER HUMOR! COM QUALQUER SORRISO!"

— Eu me perdi. — Ela incorporou sua persona, pensando com agilidade, mesmo que o seu coração batesse tão alto quanto a britadeira que a acordava todos os dias na eterna obra de pavimentação da rua, que desviava milhões por ano para os bolsos dos vereadores. — Estou procurando o pastor Tucano. Sabe onde fica a sala dele?

O filho do seu maior rival e sua paixão secreta sorriu com tranquilidade. Sem dizer mais uma palavra, encaminhou-se para uma sala duas portas depois do escritório do pastor Felizzi. Amaldiçoando-se por ter sido pega de surpresa e pela sua curiosidade infernal, Roberta o seguiu. Quando os dois já estavam seguros dentro do que parecia uma sala de arquivos, Miguel fechou a porta.

— Isso aqui parece um arquivo — ela comentou com uma ingenuidade forjada.

Em nenhum momento a garota sentiu-se amedrontada ou receosa por estar ali dentro com Miguel. Sabia que o garoto não era mau, apenas havia tido o azar de nascer do pai errado.

— Pode parar com isso — o garoto pediu. — Eu sei que é você, Roberta.

Não tinha mais por quê continuar fingindo. Ela sabia que Miguel era inteligente, mas não se conteve em fazer uma última pergunta como Robin Hood.

— Como você pode ter tanta certeza disso?

— Eu sabia que você viria.

— Como?

— Você é o tipo de pessoa que não perde a oportunidade de mostrar do que é capaz.

Roberta pigarreou para conseguir voltar o tom de voz ao normal, ajeitando a postura para a sua própria.

— Você não me conhece. — Ela tentou parecer o mais segura possível.

— Isso não significa que não posso imaginar.

Receosa de que aquilo pudesse se tornar algo para o qual ela não estava emocionalmente preparada, a cracker deu as costas para ir embora e chorar ouvindo "Medo Bobo" da Maiara & Maraísa no chuveiro, mas Miguel segurou sua mão com a intenção de impedi-la; não teve nenhuma força física no ato, mas foi como se a garota tivesse sido presa ao chão pelo visgo do diabo.

Os dedos de Miguel estavam quentes contra os seus, sempre gelados.

— Espera aí. Não vai embora.

Ela se voltou para ele, que continuou segurando sua mão. *Eu não consigo pensar com você encostando em mim, e a única coisa que faço bem nessa vida é pensar*, ela queria dizer, mas não conseguiu. Em vez disso, assumiu uma postura defensiva, com medo de que ele percebesse tudo o que estava acontecendo nas suas entranhas.

— E como eu sei que posso confiar em você? Que você não é igual a ele? Dizem que filho de peixe, peixinho é.

— Porque eu poderia te entregar agora mesmo. — Miguel apontou discretamente com a cabeça para a sala ao lado. — E porque eu tenho te esperado sair daquela toca faz um bom tempo.

— Por quê? — a pergunta de Roberta foi feita sem pensar, pega na surpresa daquela constatação.

— Porque nós nunca continuamos a conversa que tivemos no velório da sua mãe, e tinha tanta coisa que eu queria ter dito...

Ah, merda, Roberta pensou. *Por que é que ele tem que ser tão maravilhoso? Seria tudo mais fácil se ele não tivesse esse rostinho de quem tem como hobby desgraçar a vida das mulheres.*

— Não sei por que você está agindo como se fôssemos amigos. Não somos. Não temos nada para conversar.

— Você não precisa agir como se o mundo inteiro estivesse contra você.

— Não? — Roberta estreitou os olhos, sentindo-se ofendida pela primeira vez. — Porque da última vez que eu fui ingênua, acreditando que as pessoas eram boas, acabei órfã.

Miguel soltou a mão de Roberta, e foi como se uma onda de tristeza a tivesse invadido.

— Você tem todo o direito de não confiar em mim, e não espero que o faça. Mas eu te disse uma vez e digo novamente: eu sinto muito mesmo... — Ele balançou a cabeça.

— E o que mais?

— E o que mais o quê?

— Você disse que tinha tanta coisa que queria ter dito. Agora eu estou aqui. O que você queria dizer?

A primeira vez que Roberta viu Miguel, ela estava caminhando distraída até o banheiro da igreja. Aos 11 anos, tinha acabado de conseguir a bolsa de estudos em um colégio particular e passava todas as horas livres mexendo no computador, uma máquina ultrapassada dada pelos funcionários da empresa em que a mãe trabalhava como faxineira. Ela não sabia o que era atração, muito menos conhecia a sensação de estar apaixonada; os seus pensamentos estavam todos em 0 e 1. Por isso, quando colocou os ingênuos olhos escuros no garoto que descia os degraus do andar administrativo, foi como se tivesse conhecimento do próprio corpo no tempo-espaço pela primeira vez, e reconhecesse todos os defeitos que antes nunca a incomodaram, como as pintas espalhadas pelo corpo e a finura do lábio superior. Nada de *'esse é o ser humano mais lindo do mundo'* ou *'estou amando pela primeira vez'*. Na verdade, foi *'deve ter uma alface no meu olho'* o primeiro pensamento que atravessou a sua mente, antes de sair correndo para se esconder e conseguir respirar direito.

Nos anos que se seguiram, a garota esperava ansiosamente pelos domingos, um incentivo a mais para que não morresse de tédio, passando prazerosos minutos observando o filho do pastor Felizzi nos intervalos dos cultos ministrados pelo pastor Tucano, como a boa *stalker* esquisita que sempre fora. Ela esperou pacientemente por quatro anos até que aquele senpai a notasse — foi numa festa voltada aos jovens da igreja que eles conversaram pela primeira vez. Uma longa e emocionante conversa que se resumiu a "dá licença?", "ah, foi mal".

Deve ter uma alface no meu dente, pensou Roberta enquanto ele se afastava, dessa vez acertando o local onde alfaces geralmente se acumulam contra a vontade. Porém, algo mudou após aquele fatídico dia, já que, toda vez que ela olhava para Miguel Felizzi nos domingos seguintes, ele parecia estar olhando de volta, e um sorriso tímido dos lábios do garoto era capaz de deixá-la feliz pelo restante da semana. Aquilo durou dos 15 aos 17 anos e eles nunca conseguiram reunir coragem para conversar um com o outro.

Era patético, ela sabia. Mas existia algo mágico em se sentir patética por estar amando.

Infelizmente, na segunda e última vez em que conversaram, Roberta estava de luto.

— Que eu gostaria de ter tido a coragem de conversar com você quando tudo ainda estava bem — ele enfim conseguiu responder. — Que sei que nada do que eu disser vai fazer com que eu deixe de ser filho de quem sou. Que eu me acostumei com a sua presença durante todos esses anos, como se fôssemos amigos sem nunca termos conversado. Que sinto muito. E que sinto a sua falta.

Tomada por algo que ela não soube explicar, Roberta ouviu o que Miguel tinha a dizer em absoluto silêncio. Quando ele terminou de abrir o coração, contradizendo tudo o que um dia imaginou que faria se o garoto por quem era apaixonada mostrasse que o sentimento era recíproco, ela apenas abriu a porta do arquivo e saiu correndo dali.

Na saída da igreja, trombou violentamente com alguém, mas estava tão preocupada em não ser vista chorando em público que não olhou para trás para se desculpar.

30 de junho de 2016

Depois que o caixão de Magdalena desapareceu na terra, as pessoas começaram a ir embora, despedindo-se de Roberta com abraços apertados e recomendações impossíveis de seguir.

"Fique bem" ou "Se precisar de mim, ligue" eram as mais comuns.

Assim que tudo ficou silencioso, a garota pediu ao pai para ficar sozinha com a mãe. Ele permitiu, avisando que a esperaria em casa; Gilberto também precisava de um tempo para sofrer em paz.

Roberta sentou-se no chão, os olhos fixos na lápide. "Magdalena Horácio. 1975-2016". Ao lado das muitas flores, havia uma coroa de pétalas amarelas enviada pelo pastor Felizzi. "Dos amigos da igreja".

Ela perdeu a noção da hora, lembrando-se de tudo e de nada ao mesmo tempo. Todos os sorrisos e abraços confundiam-se com os últimos dias da mãe, a doença ardilosa que tomou conta do seu corpo, a corrida contra o relógio para gerar um milagre, a negativa de quem poderia ter mudado o destino de Magdalena para sempre.

Depois de algum tempo, Roberta percebeu passos atrás de si. Em alerta, virou o rosto, encontrando Miguel Felizzi segurando um pequeno vaso de flores brancas e parecendo genuinamente surpreso por não estar sozinho.

— Ah — o garoto balbuciou. — Eu não sabia que você estava aqui. Posso... — Ele deu dois passos para trás, olhando para os lados. — Posso voltar mais tarde.

— Não precisa — Roberta murmurou, sem energias para se sentir envergonhada.

Miguel respirou fundo.

Vagarosamente, depositou as flores ao lado das muitas outras que enfeitavam o local. Roberta acompanhou tudo com os olhos, sem saber como agir. Durante aqueles muitos anos de convivência, não haviam trocado nem meia dúzia de palavras, então não entendia por que o garoto havia aparecido no enterro da sua mãe.

— Eu sinto muito. — Miguel encontrou coragem para dizer. — A sua mãe era uma mulher incrível. Mais

ou menos... — O garoto respirou fundo. — Mais ou menos como você.

Pega de surpresa, Roberta sentiu as maçãs do rosto esquentarem.

— Ela era incrível mesmo.

— Também sinto muito pelo meu pai — Miguel continuou, um pouco mais corajoso. — Pelo que ele fez. Ou deixou de fazer.

A garota olhou fixamente para Miguel.

— Como você sabe disso?

— Ouvi alguns seguranças dele conversando — o garoto admitiu. — Tentei fazê-lo mudar de ideia, emprestar o dinheiro. Mas o meu pai é... uma pessoa difícil.

Roberta sentiu que aquilo o machucava tanto quanto a ela, então, dona de um bom coração, tentou sorrir para que Miguel não se sentisse tão mal.

— Obrigada pelas flores.

— Não foi nada.

E, com um último sorriso tímido, Miguel Felizzi se afastou de Roberta e de seu luto.

2 de Setembro de 2017

Peruca loira. Lentes de contato. Vestido verde "emprestado" da loja on-line. O único par de tênis que não estava com a sola descolada. Celular velho para enganar ladrão. Celular de verdade no sutiã. Papel da inscrição à vista, antes que ela esquecesse. Bolsa com carteira, água, absorvente e remédio para cólicas porque, para ajudar, Roberta havia acordado numa poça de sangue. Uma faca de serra e sem ponta escondida na lateral do tênis, porque era a única que ela tinha em casa depois que o pastor Tucano a revistara em busca de armas brancas "para o seu próprio bem". "Vai Malandra" da Anitta tocando baixinho como trilha sonora.

Roberta estava pronta para encarar o pastor Marcelo Felizzi e vencer aquela competição.

E também estava dançando na frente do espelho.

Quase um mês havia se passado desde a inscrição no torneio. A traíra Fernanda havia voltado para o posto no banco e o algoritmo continuava funcionando. O aplicativo já comia metade do dízimo do pastor Felizzi sem ele se dar conta. O senador Nevada esperneava em rede nacional, pedindo por justiça, quando grande parte da sua fortuna vinha do tráfico de drogas. Pequeno e Willa soltavam comentários esporadicamente sobre o quão perigoso seria participar do torneio de programação, e Roberta sempre desconversava. O pastor Tucano trazia informações valiosas de Felizzi. E a cracker se preparava todos os dias para ganhar aqueles 15 mil reais e dormir envolta na sensação de vitória, enquanto tentava não pensar constantemente nas palavras de Miguel Felizzi.

Que sinto muito.

E que sinto a sua falta.

Porém, enquanto tudo isso acontecia, ela sentia que estava sendo observada. Talvez fosse imaginação, seu subconsciente tentando sabotar suas intenções, o plano de Willa e Pequeno dando certo, mas a parte racional do seu cérebro dizia que havia alguém contando todos os seus passos.

— Eu disse. — A voz de Willa a atingiu no meio do passinho do romano e a porta da sua toca foi escancarada pela ruiva, Pequeno e o pastor Tucano. — Não dá pra te deixar cinco minutos sozinha!

A culpa é minha. Eu ainda não troquei essa merda de cadeado!, Roberta xingou-se mentalmente.

— Do que você está falando? Eu não posso mais dançar na minha própria casa?

— Vestida de Robin Hood? — Willa questionou, apontando para o pedaço de papel em cima da mesa. — Com a inscrição do torneio perto da bolsa?

— Não acredito que você vai arriscar tudo por ego, Roberta — Pequeno lamentou. — Não vale a pena!

Roberta podia aguentar muito, mas perceber que havia decepcionado Pequeno a fez sentir-se mal.

— Vocês precisam parar de agir como se fossem as minhas babás — ela resmungou.

— Sou sua amiga há mais de 14 anos, Roberta. Você realmente acha que eu não estava contando com o imenso potencial de jogar merda no ventilador do qual você é capaz? — Willa foi brutalmente honesta.

— Também não precisa ofender...

— Isso é necessário? — o pastor Tucano se pronunciou pela primeira vez, sentando-se no único móvel da sala, um pequeno sofá puído, e olhando fundo nos olhos disfarçados da amiga. Ele parecia cansado. — *Extremamente* necessário? Vale a pena arriscar tudo o que nós construímos, tudo o que *você* construiu, a troco de uma vingança infantil?

— Vocês não entendem... — Roberta murmurou.

— Nos ilumine, então — Willa pediu.

Roberta respirou fundo e soltou o ar lentamente.

Antes da doença da mãe, a adolescente tinha um futuro. Criada por uma família que a amava, formada como a melhor aluna em um bom colégio, talentosa na ciência da computação e aprovada no vestibular de uma universidade de ponta, o céu seria o limite para a jovem. Willa e Pequeno não entendiam muito bem, porque Roberta não gostava de se gabar de todas as conquistas para quem não teve as mesmas oportunidades, e o pastor Tucano, dono de um coração benevolente e completamente envolvido com as histórias da comunidade, não entendia a relação entre felicidade e sair da Selva de Pedra. Mas ela entendia, e estava prestes a buscar uma vida bem longe dali; logo, apesar do medo constante que sentiam em uma comunidade insegura, dos sempre presentes problemas financeiros e da dor de uma separação futura, Magdalena, Gilberto e Roberta eram felizes.

No dia seguinte à morte da mãe, Roberta saiu para comprar pão a pedido do pai. No caminho até o mercadinho do bairro, prestou atenção em tudo ao redor, como se a perda tivesse mudado a sua maneira de enxergar o mundo — antes, ela queria sair da Selva de Pedra o mais rápido possível, realizar os sonhos infantis de quem viveu duas realidades diferentes e contrastantes, mas agora... aquelas pessoas começaram a fazer parte de quem ela era. Mulheres que não passavam de crianças empurrando carrinhos de bebês de carne e osso. Barracos misturados com casas precárias da cor do cimento. Pichações em muros, em portas, em postes. O sol a pino, derretendo as cabeças e os sonhos daquelas pessoas. Moradores de rua. Viciados. Prostitutas. Trabalhadores. Homens com os seus uniformes sujos, indo ou voltando do trabalho. Donos de pequenos comércios em suas portas, cuspindo na calçada esburacada. Garotos de tocaia em bocas, esperando pelo pior, ou torcendo por ele. E a batida da música que fazia o chão tremer, tocadas em cornetas nos carros, com seus donos acreditando cegamente que o que eles *tinham* poderia substituir o que *eram*.

Eles estavam abandonados à própria sorte. Negligenciados pelo Estado, pela sociedade e pela história. Nasceram ali e, se tudo corresse conforme o planejando por quem dava as cartas do jogo, morreriam ali também. Pessoas boas morando ao lado de traficantes. Traficantes que nasceram em boas famílias e optaram por um atalho na vida. Policiais que agiam como bandidos e bandidos que protegiam a comunidade como policiais. Adolescentes vendo os seus sonhos serem esmagados e surrupiados por quem sempre teve condições físicas e emocionais para se dedicar a ser *alguém*. Mulheres aprendendo cedo demais o que teriam de enfrentar pelo restante da vida. Homens com valores misturados, tementes a Deus, mas não ao homem.

Aquela realidade era tão injusta que chegava a ser surreal. A não muitos quilômetros dali, as casas já eram de alvenaria, com tetos caros e carros do ano na garagem. Os prédios tinham segurança vinte e quatro horas, piscina e academia, e as crianças circulavam em uma falsa sensação de liberdade. Meninas podiam ser meninas. Meninos podiam ser meninos. E os problemas que afetavam os cidadãos da Selva de Pedra não passavam de conversa fiada na boca de universitários das ciências sociais bêbados em bares caros. E, na alta cúpula, políticos e religiosos que juraram proteger aqueles que precisavam afanavam o pouco que a classe trabalhadora tinha a oferecer.

Que todos aqueles seres humanos continuassem vivendo em condições precárias; pelo menos o pastor Felizzi, o senador Nevada e muitos outros poderiam comprar carros importados, fumar charutos em suas salas privadas, tomar champanhe cara, trair as mulheres viciadas em remédio com prostitutas belíssimas e viajar para a Europa com a família três vezes ao ano.

No dia em que a mãe de Roberta morreu, com ela também se foi a ingenuidade da garota. E, no lugar, nasceu o sentimento de justiça. O sentimento de que ela nunca mais seria feliz se não pudesse ajudar aquelas pessoas. O sentimento de igualdade, em vez do sonho quase egoísta de desaparecer dali e se tornar outra pessoa, uma preocupada apenas com o próprio bem-estar. E a cracker desejava com todo o coração poder se preocupar apenas com a própria vida, mas o pastor Felizzi havia tirado aquilo dela.

Então é claro que o pastor Tucano, Pequeno e Willa não entendiam por que era importante confrontar o pastor Felizzi, porque não foi neles que a esperança foi esmagada como uma barata.

— É algo que eu preciso fazer. Por meus pais. Pela Selva de Pedra.

"*Por mim*", ela adicionou em pensamento.

O silêncio que tomou conta do ambiente durou tempo suficiente para fazer com que Roberta sentisse o cheiro de Fandangos que vinha da sua peruca.

— Então vamos logo — Pequeno disse com certa impaciência, enfim quebrando a expectativa.

— *Vamos?* — Roberta questionou.

— Faz um ano que a gente te ajuda e você ainda insiste em agir como se não precisasse de nós. — As palavras do pastor Tucano saíram magoadas. — Não te deixamos sozinha quando descobrimos de onde você havia tirado o dinheiro da festa que deu em homenagem à sua mãe, não vamos te deixar sozinha agora.

— Estamos amarrados a você — Pequeno concordou.

— Você é tipo boy lixo, Roberta — Willa comentou, já girando a maçaneta para saírem. — A gente sabe que vai se ferrar, mas continua insistindo.

— Então vamos lá. — Roberta tomou a liderança do grupo, o coração preenchido por algo que ela não sabia denominar. — Vamos ganhar esse torneio.

Fraternidade. Era fraternidade o que ela estava sentindo.

07 de julho de 2016

Quando Roberta chegou na casa da mãe do pastor Tucano, em uma quarta-feira chuvosa e fria, Thiago, Pequeno e

Willa já discutiam sobre como denunciariam Marcelo Felizzi para a polícia — Roberta havia surrupiado duas garrafas da festa da noite anterior, crente que eles continuariam comemorando o seu feito. Porém, parada atrás da porta, ela já se arrependia um pouco de ter revelado a verdade sobre a origem do dinheiro para os amigos.

Ela queria apenas ser inconsequente em seu luto — será que era pedir demais?

Além disso, eles estavam agindo como se tivessem qualquer voz naquela decisão — spoiler: não tinham.

— ...vão saber que ela cometeu um crime — Willa dizia, o cabelo vermelho como fogo preso em um rabo de cavalo; assim que Roberta sentou-se ao seu lado na pequena sala de estar da mãe do pastor Tucano, 15 minutos atrasada, todos a cumprimentaram com a cabeça — a Polícia Federal não é burra.

— Foi um crime, mas será mesmo que ela será punida por ele? — Pequeno perguntou, negando com a cabeça. — Olha tudo o que ela descobriu! A gente pode colocar o cara atrás das grades!

— Ninguém que tenha dinheiro para pagar um bom advogado vai preso no Brasil, Pequeno, principalmente políticos e religiosos — o pastor Tucano disse com desgosto. — Eu tenho medo de que isso acabe se voltando contra ela. Não sabemos do que o Felizzi é capaz.

— Podemos envolver a mídia! — Willa sugeriu.

— A mídia que é comandada por empresários corruptos? — o pastor Tucano rebateu.

— Nós estamos perdidos — Pequeno se lamentou.

— Nós? — *Roberta falou pela primeira vez, chamando a atenção de todos.* — Por que vocês estão falando como se fôssemos a equipe Rocket decolando na velocidade da luz? Fui eu que roubei o dinheiro. Eu que fiz a festa. Eu que preciso lidar com isso agora.

— E desde quando a gente não embarca em todas as suas ideias mirabolantes, Beta? — *Willa questionou.*

— Desde que ficou perigoso — *a cracker rebateu.*

— Aí que fica divertido. — *A ruiva sorriu.*

— Eu tenho o dever moral de agir quando alguém prejudica a minha comunidade — *o pastor Tucano adicionou.* — E não vou negar qualquer possibilidade de ferrar o pastor Felizzi.

— Estamos ao seu lado sempre, Beta — *Pequeno concordou.*

Roberta queria gritar com eles. Dizer que não precisavam fazer aquilo, que o pastor Felizzi havia arruinado a sua vida e a de mais ninguém. Mas, em suas alucinações de vingança e planos para destruir a vida do pastor, ela precisaria mesmo da ajuda de quem pudesse e quisesse ajudar.

Melhor ainda se fossem os seus melhores amigos.

— Eu tenho uma ideia que pode parecer surreal — *ela mudou o discurso, curvando-se para a frente; se queriam embarcar naquele barco furado, que soubessem no que estavam se metendo desde o início* —*, mas que também pode mudar muitas vidas. Além de ser a nossa opção mais segura.*

— Eu não gosto quando você fica com esse olhar obcecado, Beta — *Willa comentou.* — Sabe, Pequeno? Esse olhar?

— Sim! Também não gosto muito — *a grandalhona concordou.*

— E se a gente desviasse a grana roubada do pastor de volta para a comunidade?

Os três ficaram em silêncio, porque não esperavam que a sempre certinha Roberta Horácio pudesse sugerir algo do tipo; até Tucano, um homem de fé, estava na frente na lista de pessoas que cometeriam um possível roubo.

— Supondo que concordemos com essa ideia — Pequeno começou após um longo período de silêncio —, como faríamos isso?

Roberta mordeu a parte interior das bochechas.

— Do mesmo jeito que desviei o dinheiro para a festa. Pelo computador.

— Foi assim que você conseguiu a grana? Pelo computador? — Willa repetiu, para ter certeza de que ouvira bem. — Jurava que tinha sido assalto à mão armada.

— Ela disse isso ontem à noite. Você não presta atenção no que ela fala? — Pequeno resmungou.

— Não depois de ter bebido um engradado inteiro de cerveja boa — ela rebateu.

— Olha para a minha cara de quem comete um latrocínio, Willermina. — Roberta apontou para si própria, pequena, pálida e frágil.

Roberta era só cérebro e pouca atividade física.

— Beta, não estamos falando de invadir documentos ou e-mails pelo celular, estamos falando de transações envolvendo bancos — o pastor Tucano disse. — Não é tão fácil assim. Eu sei que você é muito talentosa, mas os bancos pagam milhões por segurança em transações eletrônicas.

— Não vou mexer com o banco, mas com dinheiro de propina e desvio de dízimo que calhou de estar no banco

— *Roberta explicou, um brilho de vingança dançando em seus olhos.* — Vou desviar o dinheiro já lavado, através de um algoritmo. E não é a única possibilidade! Fiquei sabendo que o pastor vai lançar um aplicativo para contribuir com o dízimo, como se passar cartão de crédito já não fosse cretino o suficiente. Eu posso colocar as minhas mãos nesse aplicativo e fazer com que esse dinheiro não caia nas mãos dele! As possibilidades são infinitas!

— *E se eles descobrirem?* — Willa perguntou.

— *Pode ser perigoso para você, Beta* — *Pequeno concordou.*

— *Nós não podemos brincar de justiceiros sem pensar nas consequências disso* — *o pastor Tucano reafirmou.*

— *O que eles podem fazer, gente? Chamar a polícia?*

Os quatro se entreolharam. Roberta decidida, Pequeno preocupada, Willa ansiosa e o pastor Tucano indeciso.

Seria contra os valores de quatro pessoas boas roubar dinheiro de ladrões? Era permitido cometer um crime em prol da comunidade? Se fizessem aquilo, transformariam-se no que mais detestavam?

— *Eu acho que poderíamos tentar* — *o pastor Tucano finalmente se pronunciou.* — Mas vamos ter que pensar, com muito cuidado, como fazer isso.

— *Sim.* — *Pequeno se enfiou no meio.* — Nós vamos te ajudar nessa.

Os três olharam para Willa.

— *Eu ajudo, mas não sei como. Eu só sei pintar o cabelo.* — *Ela deu de ombros, arrancando risadas em meio àquela situação tensa.*

2 de Setembro de 2017

Roberta gostava de fazer parte de uma comunidade carente, porque, apesar de todas as adversidades, tudo era motivo para festa, desde comemorações religiosas até dia de votação para a presidência do país. Logo, o torneio de programação organizado pela igreja não seria diferente, mesmo que apenas 0,01% das pessoas que estavam aglomeradas dentro do salão principal fossem de fato participar — afinal, não era todo dia que alguém da Selva de Pedra poderia conseguir um cheque de 15 mil reais sem se envolver com algo ilícito.

"O que você faria com 15 mil reais?", "Acho que eu colocaria silicone... ou talvez uma lipo", "Eu compraria um iPhone", "Ou uma coleção de Juliet", o grupo ia ouvindo conforme se embrenhava no meio da multidão.

Roberta era a única disfarçada, já que o pastor Felizzi não tinha ideia de que Willa, Pequeno e o pastor Tucano fizessem parte do grupo seleto de Robin Hood. Mesmo assim, quando atingiram o ponto em que podiam ser vistos, separaram-se discretamente. O plano era o único que conseguiram bolar no curto trajeto do cortiço em que a cracker morava até à igreja: a salvariam se "desse alguma merda".

Eles nunca chegaram a combinar a definição de "dar alguma merda", mas Roberta considerava que aquela era uma expressão mundial e quase padronizada.

Ao lado de outros membros da igreja, o pastor Felizzi estava numa mesa montada em cima do altar, observando a todos como se fosse o Olho de Sauron. Na extrema direita, Miguel Felizzi parecia fazer o mesmo, mas sem a maldade do pai; o coração de Roberta pulou uma batida quando o viu.

Tem uns erros que a gente comete com o rostinho tão bonito, ela pensou, procurando esconder-se dele também. Grudado no garoto, o motorista Maurício tentava, em vão, fingir que não via Willa gesticular em cumprimento alguns metros dali.

As intenções de Roberta eram simples: ganhar o torneio, receber o cheque, cumprimentar o pastor Felizzi com uma flecha de tinta fresca pintada na palma da mão e já estar em casa, rindo e sem aquela maldita peruca quando ele enfim percebesse que havia entregue o prêmio para a garota que infernizava a sua vida havia um ano.

Na sua fantasia, Miguel também fazia parte do prêmio, e estaria em casa, esperando por ela, nu da cintura para cima.

Sabe-se lá por quê.

— Juliana Cintra? — um homem com um bigode que denunciava a crise de meia-idade perguntou assim que a garota lhe entregou o papel de inscrição.

— Isso.

— O seu computador é o 12 — ele continuou, entregando-lhe outro papel. — Aqui estão as instruções para login.

Dando espaço para o concorrente que vinha logo atrás, Roberta dirigiu-se até o local indicado, passando bem embaixo da mesa em que o pastor Felizzi conversava com outros homens brancos de meia-idade iguaizinhos a ele. Evitando parecer suspeita, ela acenou para eles, que a cumprimentaram de volta.

— Boa sorte — o pastor Felizzi desejou em piloto-automático, quase não reparando em Roberta.

Como alguém tão burro pode ser tão rico?, ela se perguntou, ajeitando-se na mesa.

E lá estava ela. A sensação de ser observada. Enquanto instalava-se na sua mesa, Roberta olhou em volta, tentando encontrar o motivo do alarme, mas não encontrou nada que chamasse a sua atenção. Tentando abstrair, focou-se nas suas ferramentas para ganhar aquele torneio. O computador era velho, como ela imaginou que seria, o que era uma vantagem, já que havia passado toda a vida treinando em peças de museu. Ela ligou a tela, seguiu as instruções e esperou. Cerca de 15 minutos depois, a mesma senhora que a havia inscrito anunciou o início do torneio.

Foi como tirar doce de criança. Por mais que os competidores fossem em sua grande maioria talentosos, Roberta já estava em um nível que nenhuma educação formal poderia ensinar: enquanto eles estavam indo, ela já havia voltado com 500 mil de um deputado dono de prostíbulo. Rodada após rodada, eles foram caindo e, no final, Roberta viu-se frente a frente com o único competidor à altura: uma garota negra de cerca de 15 anos e cabelo tingido de verde.

— Caramba, menina, você é muito boa — a cracker teve que admitir, assim que elas se sentaram lado a lado; a garota estava poucos pontos atrás dela.

— Eu sei que sou — a adolescente respondeu, olhando para a competidora e sussurrando —, *Robin. Robin Hood.*

A surpresa que atingiu Roberta durou milésimos de segundo, uma vez que o apito do início da final havia soado. Recuperando-se do susto, logo se voltou para a tela do computador, trabalhando para resolver o problema e tentando descobrir como diabos aquela menina conseguiu identificá-la. A distração quase lhe custou a final, mas, instantes antes do término, conseguiu se recompor e terminou o desafio proposto antes da competidora.

Assim que ela sinalizou o término, e foi avaliado que a sua aplicação resolvia o problema proposto sem grandes dificuldades e dentro do tempo proposto, a senhora anunciou que Juliana Cintra era a ganhadora do torneio, levando a multidão de pessoas a gritar com animação — ninguém ali parecia conhecer a menina, muito menos entender o que havia acontecido, mas não era todo dia que uma garota ganhava algo na área de tecnologia, nem que saía pelas portas da Igreja da Selva de Pedra 15 mil reais mais rica.

Roberta já estava se levantando quando sentiu a mão da sua competidora contra a pele do seu antebraço.

— Continue fazendo o que tem feito — ela sussurrou, nitidamente triste por ter perdido, mas emocionada por estar conversando com Roberta —, você é uma inspiração para todos nós.

Todos nós quem? Adolescentes? Moradores da comunidade? Pessoas que pintam o cabelo de verde?, Roberta pensou em perguntar, mas foi impedida pela condutora da cerimônia, que já a levantava suavemente da cadeira.

Confusa, Roberta percebeu que não havia conseguido pintar a flecha de tinta na palma da mão. *Merda,*

merda, merda, foi pensando durante todo o trajeto, com medo de que aquilo significasse o começo das falhas em seu plano perfeito.

— Uma salva de palmas para a Juliana! — ela gritou no microfone, conduzindo a garota até a mesa do pastor Felizzi.

Um por um, Roberta foi obrigada a cumprimentar todos aqueles homens extremamente surpresos pela vencedora do torneio ser uma mulher. Quando enfim chegou no pastor Felizzi, este parecia desapontado.

Não sou quem você estava esperando, não é mesmo, seu pilantra?, ela pensou, sorrindo.

— Parabéns, menina — desejou, concordando com a cabeça sabe-se lá por quê. — Vamos tirar uma foto e depois subimos para a entrega do cheque.

— Não vai ser aqui? — Roberta perguntou, virando-se para as câmeras.

Marcelo segurou-a pela cintura, sorrindo para a foto enquanto continuava a falar.

— Ah, não, você não quer sair no meio dessa multidão segurando um cheque de 15 mil reais, não é mesmo? Não é seguro.

Fazia sentido. Fazia todo sentido. Mas o arrepio que sentiu subir pela espinha dizia que algo estava errado. Mesmo assim, tirou todas as fotos que deveria tirar e, de maneira quase automática, seguiu o pastor e sua comitiva para os "bastidores", não sem antes lançar um olhar de "deu merda" para os amigos espalhados pelo salão. Um pouco antes de perder o contato visual, lançou o mesmo olhar para Miguel, que parecia agitado.

Ao longe, ela pareceu notar alguém que talvez conhecesse...

São várias pessoas. Ele não está sozinho. Ele não me reconheceu. Tá de boa. Tá muito de boa. Mais na boa impossível. Vou morrer, não é mesmo? Vou ter uma morte lenta e dolorosa, a mente de Roberta estava a mil e, ao perceber que Miguel não estava entre os acompanhantes do pai, teve certeza absoluta de que estava ferrada.

Se "dar merda" tivesse uma definição no dicionário para a qual o pastor Tucano, Willa e Pequeno precisariam recorrer, aquela situação era a personificação dela.

Eles subiram os degraus que os levariam até as salas em que a cracker esteve mais cedo naquele mês, porém, agora sem o aviso do filho do pastor de que ele talvez estivesse por ali. Porque *estava* ali, prestes a arrancar todas as unhas e cílios de Roberta com uma pinça.

— Vocês podem esperar aqui fora — o pastor Felizzi orientou, entrando sozinho em sua sala.

Isso! Ele não vai me matar! Só vai pegar o cheque! Ele continua sendo burro!, Roberta suspirou aliviada. Porém, o alívio durou apenas alguns segundos, já que ela sentiu suas mãos serem forçadas para trás e uma venda ser colocada em seus olhos. *Porra! Ele é burro, mas continua sendo o mal em pessoa também!*

Com um pedaço de pano na boca, Roberta não conseguiu gritar e, aos trancos e barrancos, foi conduzida por vários pares de mãos para longe dali. Em pouco tempo, subiu e desceu mais escadas do que poderia contar, perdendo completamente a noção de para onde estava sendo levada. Desorientada e com medo, ela finalmente foi jogada em alguma superfície sólida. Sem nenhum movimento nas mãos, demorou para conseguir ficar em pé, só para ser empurrada contra uma cadeira e amarrada nas pernas também. E então ouviu um barulho alto e as vozes masculinas desapareceram, deixando-a sozinha e no escuro.

É isso aí. É assim que eu morro. Com um pedaço de pano com gosto de pinhão estragado na boca, uma peruca loira e um vestido roubado. Isso daria um bom título de livro.

Minutos se passaram, e a cabeça de Roberta não parou um segundo sequer. Por mais que tentasse se soltar, os nós estavam muito bem-feitos ao redor das mãos e dos pés e, quanto mais agitada ela ficava, mais saliva se acumulava na garganta. O local estava completamente silencioso, o que demonstrava que deveriam estar muito longe do salão principal, e ela sentia a superfície gelada do metal da faca que escondera no tênis roçar sua pele.

Eu fui amarrada por marinheiros, cacete? Onde o pastor Felizzi contratou marinheiros se a gente está a 150 km do mar?, pensou, irritada, sem conseguir se soltar.

Com medo de sufocar e ter a morte mais imbecil da história, ela resolveu permanecer imóvel.

De repente, tudo estremeceu a sua volta com a corrente de ar que soprou ao abrirem a porta. Roberta se remexeu na cadeira, e logo a venda foi retirada, o rosto marcado pela acne do pastor Felizzi a centímetros do seu.

De uma maneira que deixava Roberta triste, os olhos dele eram iguaizinhos aos de Miguel.

Sem qualquer cuidado, ele arrancou a sua peruca, machucando o couro cabeludo; os olhos da cracker se encheram de lágrimas.

— Juliana Cintra... — ele disse, balançando a cabeça. — Mentir dentro da casa de Deus...

Sim, porque roubar dinheiro do dízimo se enquadra bem na palavra de Jesus, Roberta diria, se pudesse.

— Eu não pensei que você viria. Mas, ao mesmo tempo, tive quase certeza que sim. Quando a Fernanda me contou que você utilizava uma peruca loira como disfarce, depois que ela te viu saindo da igreja no dia das inscrições, tudo ficou mais fácil — ele continuou a falar, dando as costas para Roberta e mexendo em algo em cima da mesa que a garota não reparou que havia sido colocada na sua frente. *Fernanda*, ela pensou. *Então é essa escrota que está me seguindo há um mês?* — Você sempre demonstrou ser muito arrogante.

— Mmm mmm hmmm uuuuh — a cracker tentou falar, algo como "vai tomar no cu, seu merda", sem muito sucesso.

— O quê? Não consigo entender — ele perguntou sem se virar. Quando não obteve resposta, continuou. — A arrogância é a principal inimiga da juventude. Você pode ser muito talentosa, Roberta, mas acabou sendo traída pelo próprio ego. Uma pena para você, ótimo para mim.

Finalmente, com o medo tomando conta das suas emoções, ela se debateu, machucando os punhos e os calcanhares no processo. Presa, estava completamente presa.

— Sabe o que me entristece nisso tudo, Roberta? Tenho certeza de que os seus pais estão no céu agora. Eles, sim, eram pessoas boas. Mas você... bom, você não deve encontrá-los na outra vida. — Sacudiu a cabeça parcialmente calva, como se estivesse realmente magoado. — Uma pena... uma garota com tanto potencial... destruída pelo pecado. Condutas imorais... uma mulher, ainda por cima... onde vamos parar com esse mundo? Garotas transando com qualquer um, direitos humanos para bandidos, homossexualismo...

— Mmmm annn diiii — Roberta tentou consertar a ofensa do pastor para "homossexualidade", arrancando uma risadinha de escárnio do religioso.

— Vocês destruíram a família. A moral. São impuros, promíscuos, homem com homem, mulher com mulher. As mulheres agora não são mais mães e donas do lar, dedicadas às suas crianças, não... querem mexer no computador! Querem abortar! É o fim dos tempos, Roberta, o fim dos tempos...

A garota não entendia por que o pastor parecia estar utilizando aquele momento crucial para agir como num grupo de família no WhatsApp, ou em alguma corrente moralista de Facebook, mas, se era possível, Roberta odiava Marcelo Felizzi ainda mais.

— Agora você vai ficar aqui quietinha e, quando eu voltar, vamos testar alguma daquelas flechas que você nos enviou pelo correio para ver se elas conseguem perfurar alguém.

E, assim que ele se movimentou para sair da sala, Roberta viu a coleção de flechas em cima da mesa em que o pastor mexia momentos antes.

11 de julho de 2016

Escondida atrás de algumas árvores, Roberta chorava em silêncio, sentindo as lágrimas molharem o rosto e esconderem-se na gola da sua camiseta verde.

Ao redor da cova em que Gilberto estava sendo enterrado, o pastor Tucano dizia algumas palavras, e Pequeno e Willa choravam abraçadas, tanto pela dor de perder um amigo quanto pela tristeza em saber que Roberta não poderia acompanhar o velório do pai por medo de que algo acontecesse.

Ela se sentia culpada. Tão culpada que era como se ela própria tivesse assassinado o pai; por mais que soubesse das consequências do que estava fazendo, nunca chegou a pensar que algo pudesse acontecer com as pessoas que ela mais amava no mundo.

Agora Roberta estava órfã. Sozinha no mundo, sem pai, nem mãe.

Assim que o caixão terminou de ser soterrado, e os amigos e parentes da família Horácio se despediram, perguntando incessantemente pelo paradeiro de Roberta, ela ajeitou a camiseta, secou as lágrimas e foi embora.

Porém, antes que pudesse atingir os limites do cemitério, alguém a abordou.

— Roberta? Roberta Horácio?

2 de Setembro de 2017

Roberta estava puta. E nem era pelo fato de estar amarrada a uma cadeira, prestes a tomar uma flechada no meio da cara de um pastor hipócrita que batia na tecla da família tradicional brasileira e desviava milhões do dinheiro público. Não... estava puta porque morreria com aquelas malditas lentes de contato azuis.

Como funcionava o enterro de quem morria de lentes de contato? Eles apenas as deixavam ali ou as retiravam? Será que Roberta Horácio chegaria do outro lado com os olhos ardendo e coçando? Será que ninguém iria ao seu enterro por não reconhecerem o corpo? *Não, a Roberta tinha os olhos castanhos, essa aí é só alguém muito parecida... bora pro bar?*

Enquanto deixava a sua mente divagar, a cracker olhava em volta do que parecia um depósito de material de limpeza. Ela não sabia onde estava, nunca havia estado ali — o local era abafado e quente, sem janelas ou entradas de ar, tomado por prateleiras de inox, algumas vazias, outras com poucos produtos químicos. Não fazia sentido que uma igreja mantivesse uma sala como aquela, mas também não fazia sentido que o pastor dessa igreja desviasse dinheiro do dízimo e recebesse propina, então não era uma situação em que tudo fazia sentido.

Será que Willa, Pequeno e o pastor Tucano a encontrariam ali?

Ela não podia depender dos amigos. Não que eles não fossem competentes ou nem estivessem a sua procura, mas nada na vida de Roberta havia simplesmente caído em seu colo, ela sempre teve que encarar as adversidades de frente, e estar prestes a morrer parecia uma bela de uma adversidade para ser encarada.

Perto de uma das prateleiras de inox, ela encontrou um lacre de plástico, o único objeto com serra que talvez pudesse rasgar a corda que amarrava os seus pulsos. Com toda a força que conseguiu reunir no franzino corpo não acostumado a atividades físicas, Roberta arrastou a cadeira para o lado; cerca de 15 minutos e muito suor depois, ela conseguiu se encostar na prateleira vazia. A sua cabeça zunia como um motor sem óleo e, agitada, ela conseguiu encaixar os pulsos no lacre, indo de um lado para o outro.

Os ombros doíam, assim como a lombar, mas ela não parou para pensar na dor. Cinco, dez, quinze, vinte minutos se passaram, e ela continuou a esfregar a corda contra o lacre, sem saber exatamente se estava dando certo. *Só mais um pouquinho*, ela pensava, incentivando a si mesma. *Só mais algumas vezes.*

E deu certo. Com a última força que ela sabia ter no corpo, Roberta apertou o nó contra o lacre e esse arrebentou, deixando-a sem equilíbrio. Ao mesmo tempo em que a cracker deu de testa no chão, com cadeira e tudo, a porta se abriu com força.

Merda! Tarde demais!, ela lamentou.

— Vejo que você não desiste sem uma boa briga, não é mesmo? — o pastor Felizzi questionou, colocando-a sentada de novo.

Roberta manteve as mãos atrás das costas, fingindo ainda estar amarrada. A testa latejava e, pouco tempo depois, um filete de sangue escorreu do corte que havia feito na queda até o seu nariz.

O pastor Felizzi segurava um arco que parecia ter sido retirado de um filme medieval, imponente e gasto, com um fio de nylon tão fino que poderia atravessar um tronco de árvore.

— Foi difícil encontrar essa belezinha, e mais difícil ainda aprender a usá-la, mas tive um ano para me preparar — contava, escolhendo entre as flechas em cima da mesa como se estivesse em dúvida sobre qual ingrediente colocar em seu sanduíche do Subway. Mas Roberta se aproveitou da sua distração, tirando a faca do tênis sem que ele percebesse para também livrar os pés da corda. — Eu não gosto de mortes rápidas, as lentas ensinam lições valiosas, sabia? Eu me arrependi um pouco de ter ido tão rápido com o seu pai, acho que ele merecia uma morte mais bem elaborada, mas estávamos sem tempo... foi uma pena. Só conseguiu pedir "por favor" algumas poucas vezes.

O pastor Felizzi voltou-se para Roberta, que tinha os olhos marejados.

— Se não me falha a memória — ele começou, encaixando uma das flechas no arco —, a última palavra que ele disse foi "Magdalena". Não é bonito?

Ele puxou o fio de nylon para trás junto com a flecha, e Roberta podia sentir os seus olhos claros fitando o meio da sua testa. E então sua mente a transportou para o passado, para uma época em que Roberta tinha o mundo na palma das mãos.

— Essa menina, Gil. Essa menina foi o nosso maior presente de Deus —, a mãe comentou, observando-a compenetrada no computador.

— Foi sim, Mag — Gilberto concordou.

— Essa menina também consegue escutar tudo o que vocês conversam em uma quitinete — Roberta brincou, sempre espirituosa.

— Essa menina anda muito espertinha para o meu gosto — o pai rebateu, beijando o topo da cabeça da filha.

Muito espertinha para o meu gosto.
Muito espertinha para o meu gosto.
Muito espertinha para o meu gosto.

Roberta respirou fundo. O pastor Felizzi mirou bem.

Ele soltou a flecha. Ela fechou os olhos.

11 de julho de 2016

— Quem é você? — Roberta esfregou o rosto com força para se livrar das lágrimas.

Ela não gostava de ser vista em momentos vulneráveis como aquele. Principalmente por estranhos.

A mulher usava o cabelo bem comprido, saia jeans até os joelhos e nenhuma maquiagem no rosto. Porém, algo na maneira como ela se portava revelava um passado não tão comportado assim. Os seus olhos eram os mais escuros que Roberta já havia visto, quase não distinguindo as pupilas, e tinha plena certeza de nunca a ter encontrado antes.

Como ela sabia o seu nome? Havia sido enviada pelo pastor Felizzi?

— Eu conheci os seus pais.

— Você chegou tarde demais, o velório já acabou — a cracker respondeu, fazendo menção de ir embora.

— Não estou falando dos seus pais adotivos. Os biológicos.

Foi como se a superfície da terra tivesse tremido e Roberta permanecido no mesmo lugar. Ela franziu o cenho em uma careta, com o sentimento dividido entre achar que aquilo era uma piada de mau gosto ou um mal-entendido.

— O quê? Do que você está falando? Os meus pais biológicos são os Horácio. — Roberta ainda não estava pronta para usar o verbo "eram".

— Eles... eles não te contaram? — A mulher pareceu genuinamente surpresa. — Meu Deus... eu pensei... bom, pensei que...

— Me contaram o quê? Quem é você?

A mulher deixou os ombros caírem, perdendo a pose.

— O meu nome é Rita Souza — disse, escolhendo bem as palavras que diria em seguida; ela não sabia que o seu papel ali seria mais complicado do que o previsto. — Eu trabalhei para o seu irmão há muitos anos.

— Irmão? Eu sou filha única. Do que você está falando?

— Roberta, você não é filha dos Horácio — Rita afirmou. — O seu pai foi Félix Camargo, empresário agrícola, e sua mãe era Ágata Conrado, uma empresária do ramo de tecnologia. A sua mãe era amante do Sr. Camargo e, logo que *o seu pai morreu, o seu irmão me pediu para sumir com você para não ter que dividir a herança. Os seus pais não sabiam da sua origem, mas pensei que teriam dito como você chegou até eles. Eu te deixei em um cesto na porta da casa dos Horácio, 18 anos atrás.*

Roberta não era capaz de abrir a boca. Foram 18 anos acreditando que as fotos da maternidade haviam sido destruídas em um incêndio, e nunca lhe passou pela cabeça que podia ser mentira. Ela viu as suas fotos de bebê e, apesar das diferenças físicas entre ela e os pais, também existiam muitas semelhanças.

Aquilo não podia ser verdade.

— Eu era outra mulher naquela época — Rita continuou —, muito pobre, com a moral distorcida, e acabei topando. Inclusive, também morava na Selva de Pedra. Foi assim que fiquei sabendo da história dos Horácio e de como eles não conseguiam ter filhos. Então roubei você da maternidade, cuidei de você por um tempo e te coloquei na porta deles, quando tinha pouco mais de um mês. Por mais incrível que possa parecer, Roberta, eu achei que estava fazendo o bem. Realmente achei.

As duas mulheres se encararam.

— Por que você está aqui? — a garota perguntou, porque nenhuma das outras perguntas que gostaria de fazer conseguiam escapar da sua boca. Tremia da cabeça aos pés, em um dos dias mais quentes do ano.

— Porque fiquei sabendo o que aconteceu com a Magdalena e com o Gilberto — Rita lançou um olhar emblemático para o local onde o corpo do pai de Roberta havia sido enterrado —, e não consigo mais esconder isso. Eu encontrei a fé, a religião, encontrei meu Deus, e não posso mais seguir escondendo esse segredo que fez mal a tantas pessoas.

— Então decidiu estragar a minha vida mais um pouco? — a cracker questionou.

— Não. Eu achei que você merecia saber dos seus direitos como herdeira, de todo o dinheiro que pode contestar, do seu sobrenome de verdade. — A mulher tentou segurar a mão de Roberta, mas foi prontamente repelida. *— Você pode sair desse buraco, Roberta! Conhecer a sua família de verdade, ter outra vida bem longe da Selva de Pedra! O que te segura agora? Você nunca sonhou em ter uma vida diferente?*

2 de Setembro de 2017

Muito espertinha para o meu gosto.

E talvez ela fosse mesmo. Porque, no instante em que o pastor pensou que havia se livrado da praga chamada Roberta Horácio, ela se jogou no chão, a flecha atingindo a estante atrás de si. Confuso com o que havia acabado de acontecer, Marcelo Felizzi não teve tempo de se proteger do ataque, caindo no chão depois de as pernas serem envoltas pelos braços livres da cracker.

— Seu moralista do cacete! — ela berrou simplesmente porque podia, sentando-se na barriga dele e socando toda a extensão do corpo do pastor; para uma garota pequena, ela se mostrou extremamente forte quando regida pela adrenalina. Uma pena ter esquecido da existência da faca. — Você mancha o nome da igreja! Você destrói a vida das pessoas! Você anda com carro blindado enquanto os seus fiéis não sabem se vão ter dinheiro para o jantar! Você não segue nada do que prega! Você aponta o dedo na cara de mulheres que abortam, mas já mandou duas amantes abortarem! Você xinga homossexuais na internet, mas já pagou por sexo com homens! Você passa o dízimo no cartão de crédito em nome de Deus, mas usa esse dinheiro para cheirar cocaína!

O pastor Felizzi se debatia, mas, após o acesso de fúria dela se dissipar, ele conseguiu controlar o corpo de Roberta, jogando-a no chão. Porém, antes que pudesse terminar o que havia se proposto a fazer, a porta se escancarou uma última vez.

— POLÍCIA FEDERAL, MÃOS NA CABEÇA!

Que timing perfeito, Roberta pensou, exausta, rolando para o lado e colocando as mãos na cabeça.

Atrás de toda a operação, ela avistou um preocupado pastor Tucano, uma chorosa Pequeno, uma irritada Willa, um curioso Maurício e um devastado Miguel.

Os policiais agacharam-se na direção do pastor Felizzi, ignorando completamente Roberta, o que abriu brecha para que os seus amigos se aproximassem.

— Ela está viva! Vivinha da silva! — Pequeno exclamou, levantando-a do chão como se não passasse de um peso de papel. — É que nem uma barata essa menina!

— Da próxima vez que você me assustar assim, Roberta... — Willa deixou as palavras no ar, abraçando a amiga assim que Pequeno a soltou.

O pastor Tucano não disse nada, sacudindo a cabeça como se estivesse em estado de choque, mas envolveu a amiga assim que essa se viu livre das garras das meninas.

— Como vocês...? — ela tentou perguntar, mas uma pequena comoção acontecia a centímetros deles.

— Filho! Filho, pelo amor de Deus, o que é isso? O que está acontecendo? Diga a eles que eu sou um homem de bem, eu sou um pastor, sou um homem de Deus! Por que estão me algemando? — ele se voltou para o motorista. — Diga a eles, Maurício! Você é pago para isso! — O pastor Felizzi encenava de uma maneira quase convincente, enquanto os policias agiam para tirá-lo dali.

Miguel Felizzi não conseguia dizer nada, as lágrimas adornando seus olhos enquanto o pai era retirado dali pela polícia sob alegações de corrupção, estelionato e lavagem de dinheiro. Ao fundo, bem ao fundo, Roberta podia ouvir flashes de câmeras e o falatório dos repórteres que, como abutres, já estavam a postos para a notícia do ano.

— Tem jornalistas aqui? — Roberta questionou, surpresa. — Quanto tempo fiquei presa? Tirei um cochilo assistindo Malhação e acordei em 2027?

— Nós vamos procurar alguma maneira de te tirar daqui sem passar por isso — Willa avisou, de maneira quase protetora. — Deve estar um inferno lá fora. E eles já estão sabendo que o pastor "sequestrou uma com cara de assustada". E só tem uma menina com cara de assustada aqui.

Discretamente, a ruiva piscou para a amiga, apontando de maneira displicente com a cabeça para Miguel. *Ótima hora para me ajudar com o crush, Willa, logo depois de o pai dele ser preso*, Roberta pensou em dizer, mas talvez não fosse o melhor momento para fazer gracinhas.

Os três saíram apressados, seguidos por Maurício, deixando Roberta e Miguel para trás.

Ele se virou para ela, piscando forte para que as lágrimas desaparecessem o mais rápido possível.

— O que... o que você está fazendo aqui, Miguel?

— Bom, eu precisava estar, não é mesmo? — ele perguntou, recompondo-se e ficando na defensiva.

— Não estou entendendo.

O garoto franziu os olhos acobreados para a garota.

— Caramba, Roberta! — exclamou enfim, depois de algum tempo de análises silenciosas. — Para um gênio, você tem zero inteligência emocional.

Roberta quase ficou ofendida, mas Miguel estava certo, então apenas mordeu a parte interna das bochechas. O que acabara de acontecer havia colocado tudo em perspectiva; estar ali com Miguel não era um desafio.

Era fácil.

— Eu entreguei tudo para a Polícia Federal — Miguel enfim admitiu. — Estava torcendo para que o desfecho fácil dessa tarde acontecesse e o meu pai não te descobrisse, mas quando vi os seus amigos correndo como baratas tontas pelo salão, interrogando uma tal de Fernanda, e você desaparecendo do altar, soube que não adiantava mais torcer. Que ingenuidade a minha pensar que algo envolvendo você seria fácil, não é mesmo?

— Obrigada pela parte que me toca. — Roberta resistiu ao desejo de revirar os olhos. — Se você entregou tudo para a Polícia Federal, como é que não estou presa?

Miguel ainda conseguiu sorrir.

— Não entreguei tudo o que *você* descobriu. Entreguei tudo o que *eu* recolhi e investiguei do meu pai ao longo desses anos. Você não era a única na cola dele. Mas eu... eu tinha a informação, só não tinha coragem de fazer algo com ela.

Agora sim fomos surpreendidos, Roberta pensou, piscando diversas vezes. Ela só queria arrancar aquelas lentes de contato.

— Por quê? — a cracker perguntou, porque não dava apenas para agradecê-lo por ter entregado o pai para a polícia e salvado a sua vida.

Mais ou menos; Roberta já estava quase salva quando a polícia resolveu aparecer.

— Por dois motivos — Miguel elucidou, levantando a mão para não se perder na conta. — Primeiro, porque estou cansado de lavar as mãos como Pôncio Pilatos, e se meu pai é um monstro e eu nunca tive a coragem de denunciá-lo, isso faz de mim o quê? Um monstro como ele.

— Você não é um monstro, você é um cara bom e hones...

— Segundo, porque se eu não fizesse isso, você nunca ia querer ficar comigo.

— ...to, e tem um rostinho lindo que... *o quê?*

Foi como se o coração de Roberta tivesse atingido o limite da contagem regressiva de uma bomba que, de repente, explodiu dentro do seu corpo, levando destruição e fogo por onde passasse.

Ou talvez fosse o efeito de toda a adrenalina que corria pelo corpo.

Ou, ainda, o X-tudo que havia comido mais cedo.

— É tudo o que eu penso. Tudo o que mais quero. Ficar com você — ele repetiu sem titubear. — Desde... bom, desde *sempre*! Não tem mais por que esconder isso.

Deve ter uma alface no meu nariz, foi só o que passou pela cabeça de Roberta.

— Não vai dizer nada? — ele tentou, começando a perder a frágil coragem que acumulara, sentindo as consequências do que havia causado começarem a tomar forma.

— A gente nunca nem conversou direito — ela conseguiu formular.

Apesar de estar sentindo como se pudesse voar, Roberta ainda era uma pessoa extremamente racional, e pessoas extremamente racionais precisam cobrir todas as possibilidades de desastre antes de agir.

— Você precisa mesmo procurar alguma lógica? No meio de tudo isso? — ele questionou, primeiro olhando em volta, para contextualizar que eles estavam... bem, na merda. E depois aproximando-se ao perceber que as defesas da garota começavam a ruir. — Eu te acho linda. Inteligente. Divertida. Interessante... Deus! Você é a pessoa mais interessante do mundo! Eu passava horas e mais horas te observando, pesquisando sobre você, te ouvindo conversar com os seus amigos, e nunca me cansava. Suas conclusões, suas análises. Eram sempre brilhantes. Sempre! E aí também tem o seu rosto, e eu gostava de imaginar o que deveria ter debaixo de todas essas roupas largas que você usa. Precisa de mais motivos ou esses estão bons?

Ele então segurou a mão avermelhada de Robin, pelos socos que dera no pastor Felizzi, acariciando os nós dos seus dedos. Estava doendo, mas era uma dor que remetia à vitória.

À vingança.

À justiça.

— Não. — Roberta sorriu, raridade nos últimos tempos. — Eu não preciso. Porque também quero ficar com você.

A outra mão do garoto segurou delicadamente o queixo de Roberta, para que seus rostos se aproximassem lentamente. A cada centímetro percorrido, seus corpos esquentavam mais e mais, e, quando o beijo estava prestes a acontecer, a garota soltou os dedos dos do garoto e os colocou em sua boca.

— Só um instante.

Com uma destreza quase preocupante, ela arrancou as lentes de contato e as jogou no chão. E então voltou-se para o filho do pastor.

— Quero te beijar como Roberta Horácio. Não como Robin Hood.

E a garota tascou-lhe um beijo.

A boca de Miguel tinha o gosto, a textura e a temperatura que Roberta sempre imaginou que tivesse: bala de goma, macia e gelada. Foi um beijo gostoso, com sabor de tudo o que os dois haviam perdido com aquela história, desde a infância até os pais, mas também com a possibilidade de tudo o que poderiam conquistar juntos.

E teria durado mais. Muito mais. Se Pequeno não tivesse irrompido na pequena e abafada sala de produtos de limpeza, berrando:

— Vamos, Beta! Temos alguns minutos antes dos fotógrafos vol... ah. *Nossa.* Foi mal.

Os rostos se separaram, a pele quente reclamando da ausência do que até aquele instante os dois não faziam ideia que existia: amor.

— Vamos — Roberta concordou, os dedos enlaçados aos do garoto. — Nós temos muito o que conversar.

— Conversar, é? — a amiga provocou.

— Isso seria um comentário digno da boca de Willa, Pequeno, não da sua — a cracker comentou.

— Vamos logo! — Willa apareceu, ofegante, logo em seguida, não percebendo que Roberta e Miguel estavam enroscados. — Vocês estão esperando o quê? Querem um cafezinho? Uma cerveja?

— O carro já está lá fora — Maurício surgiu logo atrás.

O grupo começou a se locomover, acompanhando a ruiva, que os guiava pelo o que parecia um grande porão, ou o depósito da igreja; entre curvas e becos sem saída, Miguel interrompeu o silêncio.

— Então... posso passar um tempo na sua casa? — ele perguntou. — Todos os meus bens devem ser congelados. Sabe como é... são todos frutos de corrupção ativa e passiva e etc.

— E a sua mãe? — Roberta perguntou, porque sabia que a mulher era oca como um violão, mas inocente.

— Já consegui enviá-la para fora do país. Ela está no Chile. E o restante da família... bom, eu não sei se ainda vão gostar de mim depois que souberem que entreguei o meu pai. Todos eles meio que dependiam da grana dele.

— A minha casa fica aqui na Selva de Pedra. É minúscula, poucos metros quadrados de paredes descascadas e cheiro de mofo. Não tenho um fogão e o assento da privada está quebrado — a cracker respondeu simplesmente. — E também só tenho uma cama de solteiro.

Willa engasgou com uma risada e Pequeno ficou vermelha, mas Roberta não se abalou, só estava sendo prática.

— Não tem problema. — Miguel apertou a mão de Roberta. — Eu não ocupo muito espaço. E também não me mexo muito à noite.

— Viu isso, Maurício? Viu como é fácil sucumbir ao sentimento e viver uma linda história de amor? Nós estamos perdendo tempo! — Willa exclamou, e Maurício deixou um sorriso escapar.

— Você é doida de pedra, Willa.

— Por você, meu amor! — Ela também sorriu. — Por você! Podemos ficar juntos agora?

— Falamos disso em outro momento. — Ele negou com a cabeça, contagiado pela insistência da garota.

— Dá pra vocês pararem de agir como final de novela e nos tirar daqui? — Pequeno pediu. — Ou alguém precisa se casar antes?

Assim que eles atingiram o salão em que outrora um torneio acontecia, a cracker descobriu o circo armado; fotógrafos, repórteres de grandes canais, fiéis revoltados, funcionários da igreja, competidores perdidos...

— Por aqui. — Willa entrou por uma portinha, encontrando o pastor Tucano na saída.

— Finalmente! — ele exclamou.

E, conforme Maurício abria o acesso aos fundos da igreja, revelando um pôr do sol de tons rosa e laranja e o mormaço quente atípico do ápice do inverno, Miguel sussurrou ao ouvido de Roberta:

— Esse vestido ficou lindo em você.

— Ele custa R$239,90! Você acredita nesse absurdo?

11 de julho de 2016

Em pé a poucos metros de onde os pais estavam enterrados, Roberta se lembrou do sorriso da mãe. Das mãos calejadas pelo trabalho do pai. De brincar com Pequeno e Willa na sala de crianças da igreja. Do computador velho em que aprendeu quase tudo o que sabia. Do primeiro culto que assistiu do pastor Tucano. Do orgulho dos pais quando conseguiu uma bolsa de estudos. Das ruas mal pavimentadas da Selva de Pedra, que absorviam tanta dor e esperança. De todas as pessoas que prometeu ajudar.

— Sim, já sonhei — disse, e o rosto de Rita se iluminou —, mas não sonho mais. Não tenho interesse nenhum no sobrenome, muito menos no dinheiro. Se o meu suposto irmão quis se ver livre de mim, talvez não seja tão bem quista assim nessa família que você alega ser minha. Eu sou Roberta Horácio, filha de mãe faxineira e pai pedreiro, tenho muito orgulho disso e pretendo continuar assim.

E a Selva de Pedra precisa de mim, ela pensou em adicionar, mas segurou a boca no último instante; ela não era o Batman para sair por aí usando frases de efeito, e aquilo poderia levantar as suspeitas daquela mulher que havia aparecido para virar o seu mundo de ponta-cabeça.

— É uma pena. — *Ela negou com a cabeça, não decepcionada, mas sim arrependida.* — Fico triste em saber que essa é a sua resposta final. Não porque não ache tudo muito honrado, mas porque me parte o coração saber que você é uma mulher muito mais justa do que eu jamais consegui ser, porque você vai acabar desperdiçando a sua vida em prol dos outros.

Roberta não disse nada enquanto Rita se virava para partir; a mulher tinha razão. Mas a garota não se sentia mal por isso.

— Ah — *exclamou ainda, voltando-se para a adolescente antes de partir* —, o nome que a sua mãe escolheu para você era Robin Conrado Sherwood Camargo, em homenagem à sua bisavó inglesa. Achei que você gostaria de saber.

7 de Setembro de 2017

Christopher havia acabado de se deitar, o cabelo volumoso da "sabe-se lá o nome" com quem havia acabado de transar esparramado pelo lençol de seda. O quarto cheirava a sexo, as roupas estavam todas jogadas pelo chão, e vestígios de cocaína agrupavam-se pelos cantos.

Aquela era a vida que ele havia pedido aos céus, e era o homem mais feliz do mundo desde a morte do pai.

Tantas mulheres que ele não conseguia lembrar os nomes. Muitas drogas refinadas, vindas direto do fornecedor. Festas, popularidade e curtição. Pouco trabalho, quase nenhum, aliás — o único que ele teria no dia seguinte seria assediar uma das empregadas enquanto ela limpasse a zona que ele havia feito no quarto. A empresa ia de vento em popa, e, enquanto os seus funcionários eram mal pagos, ele gastava fortunas em Ibiza, Nova York, Dubai...

Satisfeito consigo mesmo pela própria pequenez de espírito, Christopher colocou os braços torneados por anabolizantes e muitas horas de academia atrás da cabeça, revelando suas tatuagens tribais, e suspirou. A porta-balcão estava aberta, e a cortina balançava. Ele estava tomado pelo cansaço após a maratona de drogas e sexo, e sua visão tinha ficado um pouco embaçada.

A cortina veio. E voltou.

Veio de novo. E voltou.

Na terceira vez, ele a viu. Desenhada com precisão, a tinta escorrendo, parecendo fresca. Coçou os olhos, com medo de estar imaginando aquilo, mas quando os focou novamente, ela continuava lá.

Grande. Imponente. Ameaçadora.

Uma flecha verde pintada na parede.

Certa vez, em meados de 2018, a lenda de que existia alguém que tirava dinheiro dos ricos através de ataques cibernéticos e distribuía toda a grana aos pobres se espalhou pelo Brasil. A Polícia Federal tentava, sem sucesso, descobrir o responsável por aquele esquema milionário, mas o criminoso era inteligente. Astuto. Perspicaz. Era impossível de ser pego, e o que tinha de inteligente, tinha de justo.

Enquanto bicheiros perdiam o dinheiro do jogo, ONGs recebiam doações anônimas e generosas. Enquanto religiosos viam o dinheiro do dízimo desaparecer de suas contas, igrejas comprometidas com a comunidade acordavam ricas. Enquanto políticos não tinham a quem recorrer quando percebiam que a propina havia sumido, famílias que passavam dificuldade recebiam o que tanto pediam aos céus. Enquanto empresários corruptos choravam os dólares perdidos, casas de repouso amanheciam em festa.

Ninguém sabia quem poderia ser — no imaginário popular, havia um herói, e aqueles que lhe acompanhavam de perto, tornaram-se seus fiéis companheiros e amigos. A única pista que o justiceiro deixava para trás era uma flecha enviada à casa daqueles de tinham o dinheiro desviado. Todos os moradores da Selva de Pedra já haviam sido beneficiados pelo Robin Hood cibernético ao menos uma vez na vida, direta ou indiretamente, e em qualquer esquina ouviam-se histórias do primo da amiga do vizinho que um dia conheceu o famoso herói. Equipes de reportagem sondavam a comunidade, mas os moradores eram os primeiros a proteger aquele que tanta felicidade lhes trouxera; ninguém sabia ao certo onde encontrá-lo, mas não deixariam que pessoas de fora sequer tentassem.

Ninguém desconfiava de que Robin Hood pudesse ser uma mulher, muito menos uma jovem adulta sem formação superior, rica de berço e pobre de criação. Ninguém acreditaria se vazasse a informação de que ela morava em um cubículo na própria Selva de Pedra, acompanhada pelo filho do ex-pastor da comunidade, preso por corrupção. Ninguém colocaria a mão no fogo se soubesse que seus melhores amigos eram um religioso não muito ortodoxo e duas adolescentes cheias de atitude.

O que deveria ser uma lenda local transformou-se em unanimidade nacional. Ao redor do país, pequenas células do projeto Robin Hood começaram a aparecer, e praticar corrupção ativa e passiva passou a ser uma atividade arriscada — ninguém queria cair nas garras de justiceiros engajados pelo computador, uma vez que não perderiam apenas o dinheiro roubado, mas tudo o que estava na conta corrente. A última família a ser atingida e noticiada tinha sobrenome Camargo, e o herdeiro da fortuna agropecuária conhecido como Christopher foi preso após denúncias anônimas apontarem o local onde ele escondia cerca de 2 milhões de dólares.

Aos poucos, uma onda de limpeza nacional começou a acontecer. Sem sangue. Sem prisões. Sem revoluções. Era a cultura nacional se modificando, o medo de ser descoberto transformando-se lentamente no desinteresse em ser desonesto. Tudo graças a um herói, uma figura que se atreveu a fazer o bem.

O seu nome era Roberta Horácio.
O seu disfarce?
Robin Hood.

Biografias

Laura Conrado é escritora, autora de títulos de sucesso entre o público jovem como a série *Freud, Me Tira Dessa!*, *Quando Saturno Voltar* e na *Na Minha Onda*. É ganhadora do Prêmio Jovem Brasileiro como destaque na Literatura em 2012 e do Prêmio Destaques Literários 2012 pelo voto popular. Participou da antologia Shakespeare e Elas, onde assinou a releitura de *Sonhos de Uma Noite de Verão*. Celebrada pelos leitores e pela mídia como um importante nome entre o público jovem, Laura conquista leitores com a maneira divertida com a qual consegue abordar temas profundos. Sua escrita reflete os anseios de uma geração, e aborda temas importantes como o ingresso na vida adulta e o protagonismo feminino. Mineira de Belo Horizonte, adora ver filmes e séries, brincar com seu cachorro e acompanhar seu time do coração. É jornalista, pós-graduada em Educação, Criatividade e Tecnologia e especialista em estruturação de romances. Palestrante e facilitadora de diversos cursos de escrita e capacitação de educadores, com o trabalho noticiado em grandes mídias do país.

http://lauraconrado.com.br
https://www.facebook.com/laura.conrado/
https://www.instagram.com/lauraconrado/
https://twitter.com/laura_conrado

Pam Gonçalves é autora de *Boa Noite* e *Uma História de Verão*, escorpiana, nascida e criada em Tubarão/SC, se formou em Publicidade e Propaganda e atualmente divide seu tempo entre escrever, manter um canal no Youtube para inspirar as pessoas com recomendações de livros e dicas de escrita, falar besteira no Twitter e brincar com seu gato, Chibs.

www.youtube.com/pamgoncalves
www.twitter.com/apamgoncalves
www.instagram.com/apamgoncalves

Ray Tavares tem 25 anos, é formada em Gestão de Políticas Públicas pela USP e sonha em mudar a realidade do Brasil. Feminista porque é necessário, paulistana porque é bolacha, escritora porque não sabe viver sem narrar a vida dos muitos personagens que existem na sua cabeça. Ariana com ascendência em Gêmeos, alguns dizem que é o capeta, outros têm certeza. Sempre amou ler, mas começou a escrever fanfics de McFLY aos 13 anos, apaixonou-se por criar histórias e nunca mais parou. Em 2017, publicou o seu primeiro livro pela Galera Record, *Os 12 Signos de Valentina*, que atingiu a marca de mais de 2 milhões de leituras no Wattpad. Ama os livros da Meg Cabot, noites bem dormidas, unicórnios fofinhos, twittar e cheiro de livro novo. Odeia gente sem empatia, injustiça, a palavra "top" e o trânsito de São Paulo.

Instagram: @rayctjay
Twitter: @rayctjay
Wattpad: @ray_tavares
Facebook: /rayctjay
Playlist Robin Hood: https://goo.gl/GerVLQ

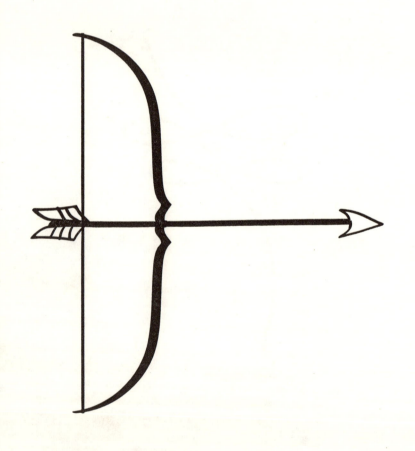

Heroínas foi composto nas
fontes Adobe Garamond Pro,
Futura Std e Watermelow Script.
Impresso no Sistema Cameron
da Divisão Gráfica da
Distribuidora Record

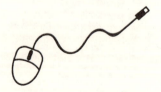